天童荒太作品

永远的仔
えいえんのこ
③ 告白

永遠の仔(三)告白

〔日〕天童荒太 著
朱田云 译

人民文学出版社
PEOPLE'S LITERATURE PUBLISHING HOUSE

著作权合同登记号　图字 01-2021-1597

Original Japanese title: EIEN NO KO 3. Kokuhaku

Copyright © Arata Tendo 2004
Japanese paperback edition published by Gentosha Inc.
Simplified Chinese translation rights arranged wih Gentosha Inc.
through The English Agency (Japan) Ltd.

图书在版编目(CIP)数据

永远的仔.3，告白/(日)天童荒太著；朱田云译.—北京：人民文学出版社，2021
（天童荒太作品）
ISBN 978-7-02-016827-9

Ⅰ.①永…　Ⅱ.①天…　②朱…　Ⅲ.①长篇小说—日本—现代　Ⅳ.①I313.45

中国版本图书馆CIP数据核字(2020)第253095号

责任编辑	卜艳冰　陶嫒嫒
封面设计	钱　珺
出版发行	人民文学出版社
社　　址	北京市朝内大街166号
邮政编码	100705
印　　制	凸版艺彩(东莞)印刷有限公司
经　　销	全国新华书店等
字　　数	113千字
开　　本	787毫米×1092毫米　1/32
印　　张	5.875
版　　次	2021年12月北京第1版
印　　次	2021年12月第1次印刷
书　　号	978-7-02-016827-9
定　　价	50.00元

如有印装质量问题，请与本社图书销售中心调换。电话：010-65233595

目录

第八章　一九七九年盛夏　001

第九章　一九九七年盛夏　059

第十章　一九七九年初秋　133

第八章

一九七九年盛夏

1

从山上传来的蝉鸣一天比一天聒噪,整座双海儿童医院仿佛患上了重度的耳鸣。

七月中旬,梅雨季已经过去,坐在医院内最靠近海的教学楼里本可以听到窗外的浪涛声,现在却只有时不时的蝉鸣。

优希感到焦躁不安。

医院里的学校和外面的学校日程一样,再过一周就要放暑假了。

听说八号楼这一批即将出院的孩子会在八月十一日参加爬灵山的出院纪念活动。如果不趁早定下出院的日子,恐怕会赶不上这一次。

自从上次在明神山短时间失踪后,优希一直非常遵守医院的规定,还极其乖巧地听从医生、护士和老师们的教导。她参加布置花坛、医院内大扫除等劳作疗法,也配合土桥的心理咨询和检查。至少从表面看来,优希对待治疗的态度非常积极。

她还开始在小组会上开口发言,不过从不具体、详细地说,只用一两句类似"今天一整天都平安无事"之类的话对付过去。

她的内心深处依然拧紧"盖子"。外界的一切与她的感情并无联系,即便有关联,也细若游丝。她的感情回路始终处于切断状态,最多只会偶尔地、不经意间触碰到一丁点儿的感觉,或假装有所感觉。

为了能去攀登灵山,她和住院前一样,再次扮演起"好孩子"的角色。不过有时候她会忘了自己是在演戏。从医护人员对她的态度可以看出来,至少那些年轻的护士已经上了她的当。

但是老护士和土桥还没完全相信她,常对她说:"别太勉强自己。"

优希为了不让土桥等人看出自己是在演戏,有时也会故意做出吃饭迟到等举动,以此来保持恰到好处的平衡。

她左腕的伤已经基本痊愈,结痂脱落。头发也长长了。最近回家过周末的时候,母亲志穗带她去了一趟美发店,剪了个短发。现在,至少从外表绝对看不出她有问题。

只要能去爬那座将有神明降临的高山,优希愿意全力以赴地继续装下去。

"久坂,怎么了?"

优希正在走神,突然发现老师已经站在面前。

现在是下午的第二节课。

"叫你念一下课文,没听见?"

优希赶紧把语文课本拿起来。

"动物园出来的家伙就是蠢!"

有人嘲笑优希,声音是从因为慢性肾病而住院的孩子堆里发出的。

优希并没有生气,更多的是感到惊讶。如果这是外科的孩子说的，倒还好理解，但今天反常的是，因慢性病住院的孩子在课堂上嘲笑八号楼的孩子。至少优希是第一次遇到这种情况。

"喂！你小子有种再说一遍！"长颈鹿站了起来。

"你给我记住！"鼹鼠坐在座位上指着对方。

"都住口！"老师制止道。

优希开始小声念课文。

不一会儿，下课铃响了。不等老师说下课，外科病房的孩子们已经大喊大叫地跑到了教室外。

几个患慢性病的孩子也像外科的孩子那样，叫嚷着冲出教室。

优希走出教室的时候，低年级的孩子已经在外面窜来窜去，乱作一团，有的笑，有的哭，有的把拐杖当剑耍，还有的把朋友的轮椅并排放好，面朝自己，握着把手准备比赛。老师很快发现了拿轮椅玩的那几个人，赶紧予以制止。闹哄哄的人堆里也有一些患慢性病的孩子。之前在梅雨季的时候，优希从未见过这样的场面。

离开教学楼，回八号楼的路上，优希回头对走在她身后的长颈鹿和鼹鼠说："有件事想问你们。"

见几个高年级的孩子迎面走来，优希转身向净水塔方向走去。

围着净水塔的金属网前躺着一只野猫，可能是因为住院的孩子们一直在投喂，野猫虽然目光犀利，但身体肥硕，动作迟缓。见优希等三人朝这边过来，它懒洋洋地从金属网下钻过去，躺到净水塔的底座上。

优希在金属网前停下脚步，问长颈鹿和鼹鼠："今天那些得慢性病的是不是有点儿奇怪？"

长颈鹿和鼹鼠的紧张表情一下子松弛下来："原来你要问这个啊。你才发现？一到七月，他们就会这样。"长颈鹿解释道。

优希觉得自己满脑子只有出院的事，所以之前没注意到。

鼹鼠耸耸肩："那些得慢性病或哮喘的，越接近暑假就变得越焦躁，年年如此。"

"为什么？"优希不解。

"因为担心放假前出不了院，急了呗。"长颈鹿说。

"平时总是外科病房的爱挑事儿，因为知道自己很快能出院。而那些得慢性病的则在每年暑假前特别多事，他们都希望能在放假前出院。"

"为什么非要在放假前出院？"优希不解地问。

"因为暑假比较长，而且暑假前出院比平时容易。"长颈鹿回答。

鼹鼠点头附和："这儿的学校和外面的一样放暑假。放假后，住院的孩子只能整天待在病房里。继续住院的孩子看着其他孩子出院后去外面的世界自由自在，心里会特别不是滋味，所以比平时更加焦躁。而且有的护士或护工也会在这段时间内休长假，所以假期里的事故也会特别多。因此，医院总是尽量安排孩子回家过暑假。"

"在这儿待久了的孩子都明白。欢天喜地的是那些已经确定要出院的,也有还没确定的。而那些知道自己肯定出不了院的,会比平时更消沉。"长颈鹿补充道。

鼹鼠也说:"其实动物园的情况差不多,但基本上感觉不到大家的变化,是吧?"

优希点点头。

鼹鼠看着八号楼继续说:"我们的人,情况比较复杂。不是所有人都想回家,有的则是家长根本不希望孩子出院。但大家表面上看起来都无所谓。"

"是啊……"优希避开鼹鼠的目光,寻思自己出院的事。

那只晒着太阳睡觉的野猫打了个哈欠。

长颈鹿问优希:"你怎么打算?"

优希回过头反问:"什么怎么打算?"

长颈鹿有些犹豫地开口问:"这个暑假……你怎么想?"

优希没有马上回答。

鼹鼠见状,故意不动声色地转换话题:"这里每年夏天都会举行盂兰盆节的'盆舞会'。"

长颈鹿也赶紧挤出笑脸:"是医院为不能出院的孩子安排的,在运动场举行,附近的居民也会来参加。我们参加过去年的,有各种摆摊卖东西,还会放焰火,可热闹了。"

"其实只是随着民谣之类的乐曲反反复复跳那几个动作,

本身没什么意思，但可以借此打发时间。到时候，医院也管得比较松。去年我们偷了工作人员的自行车，去外边转了一个多小时呢。"

"那时候，我应该已经不在这里了。"优希打断鼹鼠，但更像是在说给自己听，"那时候我肯定已经出院了。"

二人的脸色立刻沉了下来。沉默片刻，长颈鹿先开口："你真想出院？"

"不是想出院，是要出院。"优希摇摇头说。

"已经确定了？"鼹鼠问。

"还没，不过必须确定了，因为夏天我要去爬山。"优希望着灵山所在的东南方向说。医院前方有山挡住视线，其实从这里并不能看见灵山。

"你是为了爬山才想出院？"鼹鼠问。

优希没有回答。自从经历了明神山森林里的那一夜，优希觉得自己和他们亲近了许多，比如可以像现在这样和他们对话，但她依旧不想向任何人吐露全部的心声。

优希看着二人："你们都不想出院？"

他俩有些不知所措地低下头。

优希没有追问。她明白，他们也都有各自不愿轻易说出口的心事。

回到病房，参加完小组会，优希被叫到诊室。

这天并非接受心理辅导的日子，加上刚刚和长颈鹿、鼹鼠谈过出院的事,优希有一种预感……

一进诊室,优希就看到儿童精神病科的水尾主任和土桥并排坐在一起。

水尾主任今年六十岁左右,头发全白,长着一张圆脸,身体胖乎乎的。

水尾是整栋病房的最高负责人,之前没直接给优希看过诊。据说他经常在外参加学会,不常在医院,但在查房会诊的时候曾和优希打过招呼。

水尾的目光从病历上移开,转而对着优希:"坐吧。"说着,指了指面前的木椅——这把椅子通常是给患儿的父母坐的。优希落座,但只占了半把椅子。

水尾亲切地微笑着,用粗哑的声音说:"最近你恢复得好像很不错。"

优希点点头,没说话。

"遵守规章制度,生活很有规律,而且听说你特别喜欢参与登山疗法?虽然刚住院的时候闹过一次,但后来一直都很听从指示,表现积极。你很喜欢大自然?"

优希再次点头。她也不确定自己是否喜欢,但至少大自然让她感觉很踏实,有时甚至希望自己被埋在森林里。

"你不喜欢说话?"水尾微微皱眉。

优希感到水尾在暗示她用语言回答问题,于是连忙开口:"我喜欢爬山。"为了达到出院的目的,她愿意努力。

"有没有哪里觉得不舒服？有没有对什么事情不能释怀？"

"没有。"

"真的？"

"嗯。"

"有没有什么事情一想起来就觉得难受得不得了，悲哀得只想哭？"

"没有。"

水尾停顿了一下："那我们聊聊做梦的事吧。你常做梦吗？"

优希歪着头想了想："没有。"

"每个人都会做梦吧？"

"虽然做过，但不记得了。"

"是吗？因为睡得很熟？"

"是的。"

水尾点点头，把病历递给身旁的土桥。

土桥的表情没有任何变化，只是默默地把病历放在自己的膝盖上。

见土桥正了正身体，优希以为他会说些什么，但土桥继续保持沉默。

水尾接着说："你父母来找我们商量你出院的事……你自己怎么想？是希望尽快回家还是在这里继续治疗一段时间？我们想知道你的真实想法。"

见优希不说话，水尾又说："我们会对你父母保密的。你不必有顾虑，尽管告诉我们你的真实想法。"

优希觉得，如果立刻回答反而会引起医生们的怀疑，于是故意沉默了一会儿才开口说："我想出院。"

"真的？"水尾要求确认。

"真的。"优希清清楚楚地回答。

水尾转头看着土桥，像是在问他是否有什么意见。

土桥摇头表示没有。

水尾回过头来对优希说："那好，我们考虑让你在七月底或八月初出院。明天临时出院，你父母会来接你。"

"好的。"

因为父亲雄作出差等原因，优希有过两次获得批准但没回家的情况，其他周末都由父母一起来接她走，再一起送她回来。

"你再和她父母好好谈一下，如果没什么问题的话……两周之内作好出院计划。"水尾对土桥说。

"好的。"土桥点点头。

优希本来很担心土桥会表示反对，听到土桥的回答，总算放了心。

水尾和蔼地笑着对优希说："你刚住院的时候说过，想参加纪念出院的登山活动。现在还想吗？"

优希点点头，见水尾动了动眉梢，知道他又在要求自己明确地用语言表达出来，于是赶紧开口："想。"

"体力方面没问题？"

"没问题。"

"嗯,爬了那么多次明神山,应该锻炼出来了。不过这次得和家长一起爬。你父亲或母亲会和你一起去吗?"

优希最近只想着尽快出院,关于这种细节问题还没认真考虑过。虽然没什么自信,但还是回答说:"我觉得会。"

水尾在胸前交叉抱臂:"确实,连那些上了年纪的朝拜者都爬得上去,你父母应该没问题。不过如果平时缺乏锻炼,估计够呛,毕竟有将近两千米的高度。你父母的身体都还好吧?"

土桥抢着说:"她母亲身体比较弱。"

优希低下头:"没关系,他们会和我一起去,为了我……"

"好!那么从现在起一直到出院,不要松懈,继续严格要求自己。"水尾嘱咐道。

从诊室回病房的路上,优希心中充满欢喜:可以爬灵山了……可以得到救赎了……

经过楼梯口的时候,优希发现长颈鹿和鼹鼠正坐在一楼和二楼之间的楼梯平台上。

优希按捺不住内心的喜悦,整个人神采飞扬。

二人见状,则满脸愁云,差点儿哭出来。优希不明白是怎么回事,也没打算理他们。

他们赶紧飞奔下楼。长颈鹿一边观察护士值班室的动静,一边问优希:"哎,跟我们一起逃走,好不好?"

优希停下脚步,看着他们。

"逃出医院,一起去旅行怎么样?"鼹鼠说。

满脸认真。

优希感到很困惑。她很清楚,如果不对他们一笑而过,置若罔闻,他们的提议一定会成为自己的重负。一想到这里,优希笑着表示拒绝:"不行哦,我还要去爬神山呢。"说完,头也不回地朝自己的病房走去。

病房里,蝰蛇在做俯卧撑,貘在对布娃娃讲着自己的梦幻物语,蜉蝣依旧在写她的"遗书"。

优希莫名地觉得松了一口气,静静地坐到自己的书桌前。

2

第二天上午,雄作和志穗来医院接优希临时出院回家。

优希作好回家的准备,走出病房,父母也刚走进食堂。

二人今天的着装都很随意,雄作穿着休闲裤加开领衫,志穗则穿着宽松款衬衣加裙子。他们向护士打招呼的态度比优希刚住院时轻松了许多。

"爸爸的销售业绩又上去了。"雄作在优希对面坐下后兴奋地说,"总公司的社长常打来电话表扬我。照这样干下去,我们营业所的业绩一定会夺回西日本第一的宝座。现在就等我们优希出院了。"

"最近怎么样?"志穗询问优希的身体情况,态度比以往温柔很多。

在食堂里谈了约十分钟,护士来叫雄作和志穗去见医生。

雄作笑着站起身对优希说:"我们去谈你出院的事。"

"真的没问题了?"志穗有些不放心地问了一句,也站起身走向诊室。

优希坐在食堂里,等了一会儿,却迟迟不见父母回来。她开始有些不安,干脆走出食堂朝诊室走去。她自知这时候不适合进去,只能在门外转来转去,等父母出来。

突然,门开了,土桥从里面走了出来。

看见优希,土桥吃了一惊,但马上眯起眼睛笑着解释:"你父母正在和主任谈你出院的事。"

优希被土桥看穿了心思,不好意思地低下了头。

"我也快和你说再见了。"土桥的语气依依不舍,饱含真情。

优希抬起头,期待土桥进一步说明。

土桥见诊室对面的游戏室里没人,便推开游戏室的玻璃门,转头对优希说:"今年夏天,我也会离开这里。"说完,先走了进去。

优希很自然地跟着土桥进了游戏室。

游戏室里铺着浅绿色地毯,墙上贴着水蓝色防撞橡胶。

孩子们可以在游戏室里画画、玩黏土、用绒毛玩具或娃娃表演剧目——据说这些都是治疗方式。

游戏室的角落里摆着两个一米见方的浅口盒子,盒底铺着白色细沙,这叫箱庭①,里面摆着迷你房屋和树木,还有人偶和动物模型,可以随意摆放——这也是一种治疗方式。

这些游戏治疗法,优希全部参加过,但她既不曾认真地投入,也从未发自内心地感到快乐。当她把房屋等模型摆在箱庭里时,总担心内心的感情会泄露,所以每次都慌张地关上感情的闸门,随便摆摆了事;即使这样做了依然害怕感情外露时,她甚至会弄乱沙子,扔掉模型。

土桥把手伸进箱庭,轻轻地拨弄里面的沙子,喃喃地说:"我要去国外学习了。"

优希看着土桥的后背:"您不去爬神山了?"

"嗯,估计去不了。"土桥回头看着优希,露出有些困惑的神情,"真的……你真的觉得出院没问题?"

优希没听懂土桥的意思。

土桥笑得有些尴尬:"的确,是你亲口说想出院的……但我总觉得你并没有敞开心扉。出院……是你真正的愿望吗?"

土桥的语气并非责备,也完全没有咄咄逼人,反而亲切得像一位认识很久的友人。

尽管如此,优希依然没敢放松警戒。

土桥察觉到优希的戒心,摇了摇头:"我不是想逼你,只怪

---

① 箱庭疗法中使用的沙箱装置。箱庭疗法,又称沙盘疗法或沙箱疗法,是一种心理疗法。

我能力有限……我觉得你在接受心理辅导和检查的时候，只会说一些无关痛痒的话。如果就这样让你出院……我没法确定这是不是实现了你真正的愿望。如果我一直在这家医院工作，也许还能继续出力支持你，可今后我人都不在日本了……我真的放心不下。"土桥扭过头看着箱庭，手里的沙子从指间渐渐滑落，"你是一个聪明的孩子，也许你觉得心里的烦恼跟我说了也没用。但其实不管有用没用，只要说出来就会变轻松，真的，说出来就有可能解决。如果只在自己的脑子里胡思乱想，小烦恼可能慢慢变成大问题，甚至大到自己无法冷静应对……相反，只要说出来，就可以有人帮着一起客观地判断麻烦的大小，还可以与倾听者一起寻找到最可行的处理办法……"

土桥说完，抬起头来看着优希，眼神中充满期待。

优希很不安。土桥的眼神好像要揭开她死死地压在心上的盖子。

她低头抗拒："我没什么烦恼。"

本想立刻走开，可双脚不听使唤，内心仿佛听到一个声音在诱惑她："说出来吧，也许真的会变轻松，也许真的能得到救赎……"

但优希马上否定："不对！说出来只会被伤得更深，更加被蔑视，被当成肮脏的东西……"

"好吧……你不愿意，我也没办法。"土桥很沮丧。

优希已经涌到喉咙的言语突然失力，缩了回去。

"我只希望你记住,任何人都一样,有或者没有倾听自己烦恼的听众,真的会大不一样。我希望你在将来的某一天能遇到或者自己去找到那样一个人。"土桥有些难为情地笑了笑,拍了拍手上的沙子,"你别误会,我并不是反对你出院。出院后,只要你能像以前那样好好地生活,这就是我们做医生的最大愿望。"土桥说完,从优希身边走了过去。打开游戏室门的时候,他再次转过头来,歪了歪脑袋,像是催促似的说:"回食堂等着吧,你父母很快会出来的。"

优希低下头,盯着土桥的脚边:"每个人都会有那样的一个人吗?"

"什么?"

"可以对他说出心里话的人……"

"你在问我吗?有啊。"

"谁?"

土桥想了想:"我妻子。"

"您对她什么都说吗?不装模作样,不隐瞒,从出生到现在的所有事情全都跟她说吗?"

"当然不是全都说……但每当有烦恼的时候,一般都会跟她说。"

优希抬起头来:"什么烦恼?"

"呃……各种烦恼。"

"如果您太太说不想听那种费解的烦恼,您怎么办?"

土桥露出为难的表情："那的确没法说。"

"您遇到过这种情况吗？"

"没有。"

"结婚以前您对谁说？"

"朋友。"

"对朋友什么都能说吗？"

"嗯，什么都能说。"

优希盯着土桥："骗人！"

"我没骗你……"

优希向土桥跨出一步："您不觉得把那种让人听了难受的烦恼说出来是一种罪过？如果对方因此而生自己的气怎么办？"

土桥含糊地表示："这……虽然我现在不能马上回答你的问题……"

"说到底还是不行啊！"优希的架势像要以言语将土桥击退，显得异常生气，"请您别不负责任地说什么叫我去找个人说心里话！"优希说完，自顾自地走向游戏室外。

土桥一把从后面抓住优希的手腕："关于这个问题，我们再好好谈谈，行吗？"

优希甩开土桥的手，继续背对土桥，只是把头转过来："无论多沉重、多痛苦的烦恼，您觉得只要说出来，听到的人就一定能接受？"

"当然，人跟人不一样，可是……"

"无论自己说出来的烦恼有多残酷,对方都能接受,那只能说明他听的时候根本毫无感觉!只是假装在用耳朵听,其实根本没听进心里去!有些烦恼,在听过之后,如果真的和当事人一样感同身受,一定会崩溃。事实上,真的有那种让人听了会受不了的烦恼!"

土桥虽然不明所以,却依然点头:"对于这一点,我不否认。站在对方的立场上,用真心、真情去倾听对方的烦恼,确实是一件非常不容易的事。"

优希听到土桥的这句话,反而安下心来。

如果土桥回答说"任何烦恼都能用同理心去接受",也许迄今为止勉强维持着的一些信仰会瞬间崩塌,也许她会干脆破罐子破摔,也许她会诘问、指责土桥什么都不曾为自己做过,甚至可能动手伤害对方……

"的确,找到一个和自己有着同样的心情、接受自己烦恼的朋友很难。不过,哪怕只是有人单纯地愿意听你倾诉心中的烦恼,那也许就是一种救赎了。比如我们医生,都接受过专业的训练。只要你愿意,下次心理辅导的时候,我们谈谈好吗?"

优希觉得土桥的话没有任何意义:"我不愿让别人把我的烦恼当笑话听!"优希狠狠地甩下这句话、跑出了游戏室。

优希跟着父母到达柳井港时已是下午四点。

在车上、船上,雄作一直笑个不停,还计划起优希出院后的安排:"原本还对这家医院半信半疑,没想到真把我们优希治好了!暑假的时候,全家一起去东京旅游吧!"

据说水尾与优希父母谈话的时候,把对优希说过的话又说了一遍。

志穗还是有些不放心地叮嘱道:"医生说周一开始进行出院前的特别疗法,你可别松懈,要好好配合!"虽然言语间还有些担忧,但脸上的表情一扫往日的黯淡,也许是相由心生,今天的志穗看起来特别有精神。

像往常一样,他们先去优希的外婆家接弟弟聪志。

志穗已经把优希快出院的事告诉了娘家人。外婆和舅妈出门迎接,不停地劝优希进屋坐坐。

优希观察了一下父亲的表情。她知道雄作在外婆家有自卑感,想尽可能避免伤害父亲的自尊心。

不过今天的雄作因为优希快要出院,心情特别好:"要是没什么不舒服,就进去坐坐吧。"

为了在爬山一事上得到父母的同意,优希爽快地答应:"那我进去坐一会儿。"说完下车笑着走向外婆。

在外婆家喝喝红茶,吃吃点心,不知不觉天黑了,舅舅也开完会回到家里。优希一家又被劝留下吃晚饭。从附近的寿司店叫来高级料理,两家人热热闹闹地用餐。其间,外婆和舅妈不止一次地对优希说:"你妈妈说你是哮喘病,怎么一声都没听你咳过嘛。"

第八章 一九七九年盛夏

虽然知道她们说这话是因为高兴，但每听一遍，优希的心就会狂跳不已，只好强装没事地回答："因为已经好了呀。"

志穗、雄作及其他大人听了优希的话，都开心地笑了。

志穗每次回娘家，平日里那种严肃的表情都会立刻消失，生气勃勃得仿佛回到了少女时代。这天，她连说带比画地聊了许多优希不知道的外婆家的往事，一直在笑，啤酒也喝了好几杯，还和优希的外婆去别的房间收拾衣橱。

优希的舅舅是个性格外向、大大咧咧的人。他不管雄作还要开车，不停地劝酒。

雄作每次谢绝，他都哈哈大笑："你一点儿都没变，还是这么小家子气！"

外婆和舅妈只好苦笑。志穗什么都不说，收拾起杯子、盘子去了厨房。雄作笑着低头不语。

聪志受到两家欢聚的热闹气氛的感染，高兴得又叫又闹。

优希按住到处乱跑的聪志，帮他擦鼻涕，往撒娇的他嘴里塞他喜欢吃的。聪志的鼻子发出"呼哧呼哧"的声音，故意说不想吃平时爱吃的东西，让优希为难。

在旁人看来，优希真是个好姐姐，但其实优希是拿弟弟当挡箭牌，逃避大家问她医院的事。一想到自己是在利用弟弟，优希心里就很难过，所以更加宠溺弟弟。

"这下我可放心了，优希还是以前的优希！"吃完晚饭，外婆高兴地说着，看看雄作，又看看志穗，嘱咐道，"孩子怎样，终究是看父母怎样。你们可要好好待她。"

舅舅拿起一大瓶酒塞给雄作，重重地拍拍他的肩膀："有空常来！"

晚上十点多，优希一家离开了外婆家。

回家的路上，聪志一边唱着学校里流行的动画片主题歌，一边模仿动画片里主人公的动作。车内原本沉闷的气氛因此变得活跃不少。

到家时，聪志已倦得沉沉入睡，雄作把他抱进屋里放到床上。

优希把脏衣服从包里拿出来，正打算洗。

志穗劝她："太晚了，我帮你洗，你先去洗澡吧！"

优希摇摇头："我自己洗！"说着，把脏衣服放进洗衣机。

回到自己的房间，优希把第二天换洗的衣服以及准备登山穿的衣服都找了出来，然后才去洗澡。换睡衣的时候，脑子里还在想什么时候跟父母说爬山的事。

优希犹豫了一下，决定明早再说。

正要上二楼回自己的房间时，雄作将她叫住："优希，过来一下。"

换好居家服的雄作和志穗坐在饭桌两边等着优希，雄作面前摆着一杯加冰威士忌，志穗面前摆着一杯水。

优希见状，选了能左右兼顾、同时和二人说话的中间位子坐下。

"你想爬山？"雄作首先发问。

优希吃了一惊，但马上松了一口气，点点头说："是的。"

"那山可高了。"雄作说。

优希站起身来："虽然高，可登山的路修得很好，每年春天和夏天各一次，很多确定出院的孩子都会参加。"

"听说不是所有孩子都会去哦。而且医生说了，要院方允许，还要家长同意。"

"院方已经同意我去了，医生没说吗？"

"但还必须有家长一起去。"

"所以……"优希刚想开口拜托父母同意她去爬灵山。

"我反对！"志穗立刻打断，表情严肃地看着优希，"就算登山的路修得再好，那也是将近两千米的高山，肯定很危险，而且会很辛苦。你和我都没那本事。"

雄作淡淡一笑："我也没自信可以爬上去。"

优希后悔没有把地图带回家："那些朝圣的老爷爷、老奶奶都爬上去了呢。不需要很多体力的，像郊游一样。而且会先坐大巴到十分之七的高度，实际要爬的山路只有剩下的十分之三，很短的。"

"医生已经介绍过了。"雄作把医院印制的一份材料在桌子上铺开来。

这是院方发给他们的《双海儿童综合医院第八号病房楼出院登山纪念》小册子，标题下面配有高山、峡谷、树木等自然景观的插图，还标出了登山道、观景点和标高。插图的画风很是轻快，画出了孩子和大人一起挥手的模样。

雄作看着插图说："医院会选最安全的路线。据说还有一个地方是垂直的悬崖，得攀着铁索才能上去。但医生说不会走那条路，只会沿坡道迂回登顶。"

"对啊，所以说谁都能爬上去。"优希据理力争。

"为什么这么想去呢？"志穗不满地叹着气，"你以前没这么喜欢爬山啊。医生说了，即便是安全的路线，爬起来也会非常吃力。我真不明白，你为什么非要去爬山！"

优希拼命寻找具有说服力的理由："您听说过登山疗法吧？山上的风景和空气对现在的我而言都特别有治疗的效果。爬上山顶以后，肯定会更加神清气爽。"

"登山疗法指的是爬医院后面那座比较矮的山吧？这次要爬的山高多了，完全不是一个级别。"

"所以一定会感觉更好。身体里不好的东西都会随着汗水一起排出体外……再吸进山顶的新鲜空气，或许会有一种获得新生的感觉。"优希担心如果此刻说服不了父母，之前在医院的日子就白忍了，她进一步靠近父母，"你们不是想治好我的病吗？不是希望我变好吗？为了达到这个目的，同意我去爬神山真的非常重要！"优希说话的音量渐渐变大。

"知道了。不管怎么说，你先坐下。"雄作劝道。

优希垂下眼皮，乖乖坐下，但在爬山问题上决不让步："求

第八章 一九七九年盛夏

求你们,我保证以后一定做个好孩子……"

优希知道自己在说谎,而且对说谎的自己、对逼她说谎的父母都感到气愤不已。

可是,为了拯救自己,除了爬神山,她真的想不到还能有别的什么办法。

她曾被明神山的森林温柔以待,也曾被清新的空气亲切环绕,所以她相信只要爬上神山,一定会找到更加明确的方式,令自己得到接受与认可,甚至重生……

"你说到做到?"雄作发问。

优希点头。

"真的做回以前那样的好孩子?"

优希再次点头。

雄作看着志穗:"你再考虑一下吧?"

志穗把脖子一横:"我反对!"

"为什么?"优希大声质问。

"我觉得太危险。"志穗回答说。

优希不屑一顾:"得了吧!刚才不是说了嘛,连老爷爷、老奶奶都能爬。"

"我不是那个意思。怎么说好呢……优希,我觉得你会有危险。"

优希突然感觉心被揪了一下,只能出言顶撞:"什么意思?我听不懂!"

"我其实也不懂,只是有一种感觉……"志穗低头看着桌面,不知如何表述,一字一顿地解释说,"总之,我觉得,最近的优希,给我的感觉,很危险……说想去爬山的优希,也很反常,我就是觉得会有危险……如果去爬山,我担心会出事……"

优希双手拍桌:"讨厌!为什么要阻止我?"说完,站起身来打算回自己的房间。

"等等!"雄作一把抓住优希的手腕,转头劝志穗,"你也真是的,净说些没头没脑的话。你不打算尊重优希的意愿?这可不好。孩子也许有很多想法,但她以前主动开口要过什么吗?"

"所以我觉得更危险。"志穗虽然还在坚持,但她知道难以说服二人。

"那么我问你,你希望她怎样?难道宁愿看着她整天闷闷不乐?"

志穗无言以对。

"优希对自己的情况最清楚,她想改变这种不好的现状,所以想去爬山。而且她已经保证会做一个好孩子。要是没有充分的理由,你还反对什么呀?"

优希的手腕被捏疼,但她忍住没叫出来。

志穗低头不语。

雄作终于松开了紧抓优希的手:"总之,爸爸已经知道优希的愿望了,但还要看具体情况,爸爸和妈妈再商量商量。你先去睡吧。放心,我们会尽量考虑同意你去,怎么样?"

"谢谢爸爸。"优希由衷地说出一句感谢的话。

不止雄作,志穗也吃惊地抬起头来。

"我去睡了。"优希躲开父母的目光上了楼。

"晚安。"背后传来雄作和志穗的声音。

优希回到自己的房间躺了一会儿,又跑去聪志的房间。之前那些临时出院的日子里,优希一直和聪志睡一屋。一开始是聪志要求和姐姐一起睡,现在是优希觉得这样睡更安心。

优希躺到聪志的床上,从背后抱住弟弟,莫名地觉得今天的床铺比平时的要暖和许多。是因为刚才跟父母讨论爬灵峰的事而兴奋燥热?或是因为想到有可能去,感到安心而体温上升?

优希觉得自己比以前更喜欢弟弟了,一次又一次地抚摸着弟弟柔软的头发。

一阵奇怪的声响把优希吵醒。

她不记得自己是什么时候睡着的。

窗外天色微明。

奇怪的声音还在继续。听起来像狗在奔跑后的喘息声。优希甚至一度产生错觉,以为是同病房的蝰蛇开始做运动了。

但她马上意识到现在是在自己家,在弟弟的房间里。

优希坐起身来。

喘息声是聪志发出的。只见他双眼紧闭,半张着嘴,单薄的小胸脯剧烈地上下起伏,像被噩梦困住的痛苦模样。

"聪志……聪志……"优希边叫边摇弟弟的肩膀。

可聪志没有醒来的迹象。忽然,优希发现弟弟的身体很热,伸手一摸他的额头,好烫!

优希急忙跑到一楼,大声叫醒父母,又飞奔上楼,用湿毛巾给聪志做冷敷。

聪志高烧超过三十九度,被送进医院后,医生说可能是重感冒,因为高烧引起呕吐,所以需要留院接受进一步的检查。

办完各种手续,已经过了正午,赶不上优希预定回医院的那班渡轮。

优希不想离开弟弟身边,不停地责怪自己。她想到昨晚弟弟的各种反常——平时爱吃的东西也不吃,鼻涕流了很多,身上热乎乎的——她应该早点儿注意到。

也许聪志明明身体不舒服,却因为听说姐姐快要出院,为了不扫兴而故意表现得闹腾——一想到这里,优希心疼不已。

优希坐在聪志的病床边,只希望能在弟弟身边多陪他一会儿。不知不觉,窗外的太阳已慢慢西下。

"太晚了,医院会着急的,送你过去后,我今天还得赶回来。优希,快走吧!"雄作催促着。

"可是聪志……"优希还是不想离开弟弟。

"有你妈妈陪着呢。"雄作安慰道。

优希看了志穗一眼。志穗一边给聪志擦汗一边对她说:"放心吧。"

优希坐上雄作的车，先回家取了换洗的衣服，身上的牛仔裤和长袖T恤衫都来不及换，匆忙地跟着雄作出发回医院。

下午五点，二人离开柳井港，到达四国的三津浜时已是晚上七点半。

刚到港口的时候，雄作给聪志所在的医院打了个电话。

雄作听电话的表情渐渐舒展，然后对坐在车后座的优希说："聪志已经退烧了。"随后又和志穗聊了几句，挂断了电话，"还真是重感冒。现在用了药已经见效，聪志说肚子饿，正在喝粥呢。"

听到这话，优希终于松了一口气。

雄作也笑着说："你妈妈让你放心。对了，我们也该吃点儿东西。"

然而，经过港口附近的餐馆时，雄作并没有停车，而是直接开往松山市内。对此，雄作没作任何解释。因为双海儿童医院附近没有餐馆，优希以为父亲打算带她去松山市内吃饭。

"聪志没事，真是太好了。"优希还在想着弟弟的事。

雄作没有答话。

优希觉得有点儿奇怪，向父亲的侧脸看了一眼。

雄作表情紧绷，狰狞可怕，嘴唇颜色也像冻僵似的。也许是因为天色渐黑，优希觉得父亲的脸色仿佛积了淤血，紫得发黑。

优希叹了一口气，连忙转过脸来，把身子深深地陷在座位里。她渴望无限沉陷，甚至永远不再浮起。

因为闭上眼睛会觉得更恐怖,所以优希拼命地睁大眼睛。

"去他的!"雄作嘟哝着,声音里充满愤懑与积怨,"混蛋!就知道要我,明明只会吃祖宗留下的老本,还自以为有多了不起!"

优希知道雄作是在骂外婆家的人,她判断父亲是因为不必再担心聪志的身体,没了心事,所以想东想西地发起牢骚来。

"要是酒后驾车被抓住,谁倒霉啊?我可是有家有口的人……还是我老婆呢,跟那些人一丘之貉,可恶!"雄作说完,突然用一只手敲打方向盘。

优希吓得缩成一团。

雄作加快车速,超了好几辆车。

优希感到很多次差点儿撞车,同时又暗暗期盼:真撞了倒好。

前方遇到红灯,雄作停下车来。

"只有优希站在爸爸这一边。"雄作的眼睛看着正前方。

优希没回答,因为完全说不出话来。

"爬山的事,爸爸会想办法的。"雄作的语调乍一听俨然温和如常,但其实声音嘶哑,更像是在无理取闹地纠缠不休,"只要是优希的愿望,爸爸一定帮你实现。那婆娘不知怎么想的,硬说不行。要是听了她的,我们优希就不能去爬山了。但是没关系,爸爸已经表态,她要是再反对,我就揍她!只要是为了优希,说揍就揍,绝不手软!对了,昨晚爸爸的表现还不错吧？"

优希无言以对，但感到父亲正透过后视镜盯着自己，只好无奈地点点头。

"是吧，爸爸厉害吧？为优希而战！"

优希听到转向灯闪动的哒哒声，紧接着感到汽车在拐弯。

优希尽量睁大眼睛，确认车外的状况。

眼前出现了一座高层建筑。汽车直接开进高楼的地下停车场。

雄作自作主张："这家酒店的饭菜很美味，在这儿吃吧。这几天发生了这么多事，我好累啊。你也累了吧？"

优希摇摇头。

雄作笑着说："我觉得你肯定累得够呛。你身上的汗味都有点儿重了呢，就这么回医院会被笑话的。先订个房间、冲个澡。饭嘛，叫他们送到房间里。"

车停了下来。

优希抬起卷着袖子的左腕，狠狠地咬了下去。

"干什么？别咬了！"雄作猛地扇了优希一记耳光。

优希顿时两眼发黑，什么都看不见了。

3

怎么办？到底该怎么办才好？

优希快出院了，该怎么办？

长颈鹿和鼹鼠想了老半天，也没找到答案，默默地度过了难熬的周五晚上和优希回家的周六。

周六晚饭时间，长颈鹿实在受不了，发疯似的掀翻面前盛着饭菜的托盘。

坐在前面的男护士回过头来，看着地上的托盘，命令长颈鹿立刻捡起来。

平日里，总有八至十名看护人员在食堂看管孩子们吃饭，但周六下午到周日，因为住院的孩子有三分之二回家过周末，所以只有两名男护士和两名女护士当班，一边自己吃饭，一边照看留院的孩子。

"有泽，不能浪费粮食。这个世界上还有很多想吃饭却没饭吃的人呢！"男护士严肃地教训道。

"啰嗦！"长颈鹿小声嘀咕了一句。

"快点儿捡起来，不然扣一分！"男护士说着，朝长颈鹿气呼呼地走过去。

鼹鼠见状，故意把自己的托盘也打翻。

一旁的年轻女护士立刻吊起眉毛，生气地吼："胜田！"

鼹鼠的母亲原来姓长濑，去年和一个姓胜田的结了婚，但鼹鼠和那个姓胜田的继父至今还没见过。

"我看见你是故意的，也想扣分？"女护士呵斥鼹鼠。

"我突然手发麻，"鼹鼠甩甩右手，视线扫了一圈其余十几个没回家的孩子，"说不定这饭里有毒，大家都小心点儿！"

鼹鼠话音刚落，一个中学二年级的男孩和一个中学三年级的女孩也相继把托盘打翻在地。

四名护士顿时慌了神："你们干什么？"

"不许胡闹！"护士们一个个表情严厉。

紧接着，又有一个中学一年级的女孩把吃到一半的托盘从桌上打翻到地上；坐在看护人员视线死角的一个男孩也把托盘砸到了地上。

没人因为这种小小的抗议而起哄欢呼，也没人明确表示这是在发泄不能回家的积郁，他们只是对必须老老实实吃饭这一行为本身感到虚妄、无意义。

"别闹了！全都扣分！"护士们急得直跺脚，可根本没有人理他们。

第九个摔盘子的是个小学四年级的女孩，她趁人不注意，先把托盘塞到桌子底下，再松手让盘子掉在地上。

看护人员一个个傻了眼，一时间全愣在原地，束手无策。

唯一一个没有摔盘子的是绰号叫河马的男孩，虽然他才小学五年级，体重却已接近一百公斤。即使明知会吃坏身体，他也无法停止进食。整个食堂，唯独他对其他孩子的行为无动于衷，如绰号般地张着满口蛀牙的大嘴继续狼吞虎咽。

最先从位子上站起来的是长颈鹿和鼹鼠,其他孩子也纷纷效仿,没人收拾满地的饭菜,也没人出声,一个个默默地离开食堂,回各自的病房。

结果,院方没扣分。

不过,周日早饭时间,突然临时增加了六名护士。其实孩子们早已平静下来,像往常一样守规矩地吃完了早饭。

早饭过后有一段自由时间,而且天气也很好,本来可以出去转转,但长颈鹿和鼹鼠完全没那份心思,吃完早饭,径自回了病房,躺在床上胡思乱想。

虽然天气很适合洗晒衣物,但二人的内衣和袜子都已经脱线或破洞,再洗已不能穿了。

隔壁的病房从早上开始一直有声响传出。

"爸爸,对不起,才得了这么点儿分数。什么?没关系?只要努力了就行?妈妈,爸爸说哪怕我得不到好分数也会疼爱我。妈妈,您也这么认为吗?"

长颈鹿和鼹鼠被这声音吵得烦躁难安。

在隔壁病房嘟哝个不停的绰号叫豪猪,中学一年级,每到同屋其他人都回家的周六或周日,他都要一个人玩过家家。

豪猪把自己封闭起来,从不与他人来往。如果强迫他做朋友,他会狂抓自己的头发,令头发竖起以示反抗。每当他一个人的时候,总会沉迷于一种游戏——"理想中的家人"。

不止是他，很多患儿都有属于自己的"理想中的家人"。

很多孩子会把那些因离婚或失踪而再也见不到的父母理想化，并深信父母总有一天会来医院接自己回家。

父母健在的患儿也会自创"理想中的父母"，在幻想中寻求慰藉。

大部分人都只是脑子里想想，不会说出来，但也有不少像豪猪这样，言行举止表现得俨然"理想中的家人"确实存在。

如果症状加重，这类患儿会被转院至其他的专门机构。不过，孩子们私底下都说，那些转院的被人收作了养子，收养他们的大人都相信确实存在"理想中的孩子"。

豪猪还在自言自语。

"爸爸，要当个男子汉太难了。男子汉的定义太暧昧，我理解不了。什么？用不着想那么多？可您之前还生气，说我不像个男子汉，说什么拈花惹草才是男人的本性。您还为这事儿打过我妈妈！不是？没有？哦，用不着想那么多啊……"

长颈鹿用拳头朝病房的墙壁捶了两下，隔壁的豪猪立刻安静下来。可过了没一会儿，又继续自娱自乐地和"理想中的家人"聊了起来。

长颈鹿喃喃地提议："要不，就我们两个逃走吧……"

鼹鼠沉默不语。

以前的计划确实只有他俩，但现在，如果没有优希，一切皆是虚无。

这天下午，护士来到病房，说："有泽梁平，去食堂，有人来看你。"

长颈鹿很是吃惊，与鼹鼠对视了一下，一脸莫名其妙。

他们谁都没想过会有人来看长颈鹿。

自从长颈鹿去年七月住院以来，他父亲表现出的态度如同甩掉一个大包袱。

当然，长颈鹿住院以前的种种行为确实让他父亲和周围的大人头疼不已。

比如，他曾把小学校养的兔子和鸡抓来用打火机烧它们的毛，用烟头烫它们的肉；每当女老师上课的时候都要捣乱闹事，影响上课秩序；在街上看见抽烟的女人，总用石头去扔她们或冲上去揪她们。

去年六月，他被同班几个不良少年困在更衣室里扒光了衣服，结果他差点儿戳瞎其中为首的孩子的眼睛。老师批评了他，他就用棒球棍砸碎了学校的窗户。

学校的教员、保健老师及城里的内科医生都说他有情绪障碍，劝他父亲把他送到双海儿童医院住院治疗。一直拿他没办法的父亲立刻给他办了住院手续，告诫他："治不好的话，你一辈子住医院！"

长颈鹿的家其实就在相邻的香川县，可他父亲总以工作忙为由，一次都没接他回家过周末。医院多次通知他父亲来医院谈谈孩子的治疗方案，但他父亲总共只在今年一月来过一次。

在当时面谈的过程中,长颈鹿的父亲对负责人水尾说:"这孩子一点儿都没遗传到我们家的优良血统,完全继承了我前妻的不良基因。一切都拜托您了,没完全治好,就不要让他出院。"说话的时候表情很冷漠,说完,还塞给水尾一只信封,里面装了不少现金。

自那以后,长颈鹿的父亲已经半年多没来过。医院给他打电话,他也不来,不过住院费倒是一直交。

难道是和父亲离婚的母亲来了?想到这里,长颈鹿不禁两腿发软——如果真的是母亲来了,该怎么办?好办啊!揍她!踹她!可她为什么这时候来看我?莫非跟那个年轻男人分手了?来对我说想母子团聚,一起生活?

长颈鹿不知想象过多少次这样的情景——

母亲跪在地上哭着对他说对不起;闻到紧紧地抱住自己的母亲的体香;母亲说他爱听的,诸如"妈妈终于想明白了,最重要的还是梁平你!妈妈今后要把一切都献给你……"。

强烈的不安和些许的期待令长颈鹿浑身发抖。

"不管怎样,你还是去看看吧!"鼹鼠推了长颈鹿一把。

长颈鹿被鼹鼠推着向前拖着不听使唤的脚,总算来到食堂门口,惴惴不安地往里看去。

并没有记忆中的母亲的身影。

靠角落的一张饭桌前坐着一男一女,看见长颈鹿后,立刻站起身来,脸上露出有些尴尬的笑容。

两个人看起来都是快四十岁的模样。

男人穿着朴素的灰色西装，也许是因为出汗太多，腋下看起来黑乎乎的。个子矮小，目光柔和，长着一张圆脸，看起来很和善。

女人身材纤瘦，长脸，眼角有些下凹，穿着旧款的起球粉色套装，看起来柔柔弱弱的，畏手畏脚地坐在男人边上。

"梁平，你好呀！还记得我们吗？"男人和气地笑着问。

笑起来的时候，鼻子眼睛全都挤到一起——梁平记得这张脸。

是他的叔父，但并非父亲的亲弟弟，而是表弟——父亲的母亲和这位叔叔的母亲是亲姐妹。

在长颈鹿还很小的时候，父亲或许是因为分不清亲戚关系，也可能是嫌解释起来太麻烦，所以只对长颈鹿介绍说是"亲戚家的叔叔"。

母亲写下"叔父"两个字，特地教过长颈鹿，所以他一直记得。

叔叔边上站着的是他妻子。

长颈鹿与这对叔叔婶婶一共见过三次面。据说在长颈鹿爷爷的葬礼上也见过，但那时候长颈鹿刚生下来没多久，所以完全不记得。

记忆中第一次见到这对叔叔婶婶的时候，叔叔也像今天这般看起来没什么自信，但笑起来很和善。当时他们送给长颈鹿最新款的铅笔盒等文具作为入学贺礼。

不过那些文具都被奶奶扔掉了,而且没说任何理由。为此,长颈鹿哭过、闹过,他母亲也提出过抗议。

后来,长颈鹿听母亲说,奶奶非常讨厌这对叔叔婶婶,确切地说,是讨厌叔叔的母亲,也就是奶奶自己的亲妹妹。

虽然母亲没有详细说,但长颈鹿后来听说,似乎原因在于这位叔叔没有父亲。

长颈鹿的爷爷是上门女婿,所以随奶奶姓有泽;而叔叔的母亲没结婚就生了他,所以只能随母亲姓有泽。

母亲和奶奶因为扔文具的事起争执的时候,长颈鹿就在边上,听她们提起过这个叔叔,虽然没听太明白,但她们都说到了爷爷和奶奶的妹妹之间有过"故事"。长颈鹿记得奶奶骂叔叔是"贱女人生的野种"。

母亲和奶奶发生争执两个月后,长颈鹿的父母离了婚。

第二次是四年前奶奶脑梗住院的时候。

叔叔婶婶到医院看望奶奶,买了很多住院用的必需品。虽然时间不长,但做了很多照顾奶奶的事,还带长颈鹿去餐馆吃过饭。不过,长颈鹿的父亲依旧嫌弃他们,还骂骂咧咧地把他们赶走了。

第三次是两年前在奶奶的葬礼上。当时的父亲完全像废人一个,葬礼的各种事宜全都由叔叔婶婶置办。叔叔婶婶不爱抛头露面,都是默不作声地干实事的人。他们曾不停地安慰长颈鹿,让他别担心。

在奶奶的葬礼上,长颈鹿听大家说起叔叔的母亲已经过世,叔叔现在是市政府的清扫员,婚后无子。

"看起来气色不错!"叔叔说着,迎了上去,"你爸爸一直都没说你住院的事……"叔叔把手搭在梁平肩上,上上下下打量着长颈鹿,不住地点头,"长大了好多啊,个子也许不算高,但很结实嘛,是个棒小伙!"说着,把长颈鹿邀向桌边。

长颈鹿不情不愿地与叔叔并排而站。

婶婶也笑着迎上来:"都快认不出来了,多壮实的小伙子啊!"边说边给长颈鹿拉来一把椅子。

长颈鹿与叔叔婶婶面对面坐下。

"我们在家里经常说起你:现在怎么样了?学习还好吧?……这一年,我们去过你家很多次,每次你都不在。我们感到有些蹊跷。后来你父亲总算说了实话……我和你婶婶商量后,决定来看看你,就不请自来了……"叔叔向长颈鹿解释突然到访的原因。

长颈鹿仍然疑惑不解,不明白他们来这里的目的,也不相信有谁会不抱任何目的地来看他。

"这里的生活怎么样?"

"交到好朋友了吗?"

叔叔婶婶问话时的语气仍有些生分。

长颈鹿闭口不答。

叔叔婶婶像是在害怕沉默的气氛，故意你一言我一语地说个不停，内容却只是一会儿夸赞医院周围的风景，一会儿尴尬地聊自己所在城市的琐事。

半个小时后，叔叔婶婶从椅子上站起身来。

"总之，看到你挺好，就行了。"

"可以放心了。"

两个人始终面带微笑。

叔叔把一个纸袋放在桌子上："也不知道你喜欢什么，只带了一包曲奇。你有什么想要的告诉我们，下次来的时候带给你，不是点心类的也可以。"

婶婶也在一旁点头："医院的生活有很多不方便吧？需要什么，我们马上给你送来。你说说看，有想要的吗？"

长颈鹿摇摇头，表示不需要。

拖鞋里，从袜洞钻出来的大脚指忽然痒了起来。

长颈鹿脱口而出："换洗的衣服……"

叔叔婶婶眨眨眼，重新打量了一下长颈鹿。

T恤衫和牛仔裤都已又旧又破。

长颈鹿害臊地低下头："什么都行……"说完，扭头跑出了食堂。

"我们很快给你送来！"身后传来婶婶的喊声。

长颈鹿回到病房。鼹鼠关心地问道："谁来了？"

长颈鹿闭口不言，仰面朝天躺到了床上。

黄昏时分，临时出院回家过周末的孩子陆续回到医院。

可过了晚饭时间，优希还没回来。

长颈鹿和鼹鼠假称要看电视，实为留在食堂等优希。

八点多，一名护士来到食堂："胜田，电话！"

鼹鼠一愣，但马上想到可能是母亲麻里子。

鼹鼠是去年五月开始住院的。

从数前年开始，他在小学里惹了不少事，周围的大人看到他就头疼。他经常把猫、狗塞进学校养兔子、小鸟的小屋里，多次把低年级的同学骗到仓库里关一晚上，其中一次，大人们还以为发生了拐卖儿童的刑事案件。

因为反复做出上述举动，去年二月，班主任老师为了惩罚他，把他也关进了仓库。"不懂得别人痛苦的都是垃圾！"老师呵斥道。

不料，鼹鼠在仓库里出现了过度呼吸的症状，丧失正常意识的他把大便往自己身上乱抹。被送往医院后，医生诊断说他患了意识障碍症。

一出院，鼹鼠立刻跑去班主任家放火。幸亏发现得早，没有引发更大的火灾。之后鼹鼠被送去了儿童心理咨询所。

咨询所的心理医生看他回答问题时态度端正，且有反省的意愿，认为没什么大问题，准备过两天就放他回家。

但暂住在咨询所的临时禁闭室时，与他同屋的一个傲慢的中学生揍了他一顿。当天半夜，等那个中学生睡着后，鼹鼠跑到咨询所大门口，抱回一只种着仙人掌的花盆，来到中学生面前叫醒他，趁他睁开眼的瞬间，把仙人掌猛地砸向他的脸。

儿童心理咨询所因此建议鼹鼠的母亲把他送去专科医院接受治疗。

一开始，麻里子是反对的。但是儿童心理咨询所的人说，再这样下去，鼹鼠可能会受到法律制裁。当时和麻里子同居的男人也觉得鼹鼠是个麻烦，所以最终麻里子还是把他送进了双海儿童医院。

鼹鼠住院后，麻里子一共来看过他四次，分别是去年的八月和十月，还有今年的一月和三月。

去年八月来的时候，正当酷暑夏日，麻里子穿着一件曲线毕露的大红色无袖连衣裙，高兴地对鼹鼠宣布："妈妈结婚了！"此后，鼹鼠的姓氏便从长濑变成了胜田。

十月来的那次，刚从夏威夷新婚旅行回来的麻里子满脸喜气，带给鼹鼠很多礼物。其中有一件是夏威夷衬衫，但后来被鼹鼠扯破、扔掉。

今年正月，麻里子穿着奢华的和服出现在医院，说是刚和客人一起去拜过神社。

三月，麻里子再来的时候，高兴地说自己当上一家小店的女掌柜，还给了鼹鼠一万日元；见到女护士发点心，见到男护士发名片，还说来光顾的话，会给他们打折。

这次来的时候，鼹鼠和麻里子一起被叫去诊室谈话。

鼹鼠住院后，一次都没有被接回家过周末，医院方面对此颇有微词。

"我们这里是医院，不是收容所。"鼹鼠的主治医生土桥对麻里子说。

关于周末临时回家的问题，麻里子撒娇地解释道："哎呀，我老公不喜欢呀，毕竟不是他亲生的。如果不等我丈夫慢慢接受，直接把孩子带回去，结果肯定还是孩子受罪，是吧？"

关于医院的治疗方案，麻里子事不关己似的，说全权交由医院决定。

土桥问她孩子得病的原因，她回答："这孩子之所以那么不安分，全都怪那个抛弃我们的坏男人……一天到晚说什么斗争啊、革命啊，好像有多厉害似的，到头来连自己家人的幸福都给不了。"麻里子继续不提鼹鼠，只聊自己，"那个男人其实只是想让他父母向他道歉。他从小就被父母管头管脚，不能有任何反抗。等他长大后，社会又让他感到身不由己，受各种约束。他对父母的怨气无处宣泄，结果就去找大学、政府闹事……明明他自己已经长大，成了一位父亲，却感觉周围什么都没变，自然是心灰意冷，一天到晚只知道抱怨时代怎么怎么不好。如果他能正视自己的问题，直面自己的父母，取得他们的体谅和理解……我就不用跟着他没好日子过了。"说着，一副眼泪快要掉下来的模样。

面对这样的母亲，土桥有些难以招架，只能反复强调："总之，想治好孩子的病，家长必须配合。"

麻里子充耳不闻："我得赚钱给孩子交住院费啊。现在的丈夫又是个好吃懒做的废人，医生啊……我的男人运真的好差啊！"说着，还抓着土桥的膝盖诉起苦来。

医院里出了名不来看孩子的家长，首当其冲的是长颈鹿的父亲，其次是鼹鼠的母亲。不过，麻里子好歹每个月会打一次电话过来——基本上都是在她喝醉以后，心里觉得寂寞，想听听孩子的声音。

鼹鼠走出食堂，来到护士值班室旁放着公用电话的桌子前拿起听筒："喂！"

"嘿！身体还好吗？"说话的是个男人。

鼹鼠不由得屏住呼吸。关于父亲，鼹鼠什么都不记得。

从幼年时代起，在他面前出现过很多男人，有的给他买点心，有的喜欢摸他的头，有的骂他小杂种，有的抽他耳光，但那些人都不是他真正的父亲。

亲生父亲留给他的只有十几本晦涩难读的书。

当母亲住在别的男人那里不回家的时候，鼹鼠爱从壁橱里取出那些书，一边查字典一边读，即使读不太懂，也会硬着头皮一页页地翻下去。比起书的内容，对他来说更有意义的是：触碰到亲生父亲曾经亲手挑选出来的东西。

鼹鼠觉得，父亲并非像母亲抱怨的那样幼稚、没有责任心。鼹鼠常常在心中想象父亲是一个英雄，如今依然在默默地致力于社会改革。

他觉得自己体内流淌着的不是玩弄母亲的那些下贱男人而是英雄的血液。在那些挨饿的日子里，他正是靠着这样的信念挺了过来。

那个英雄父亲会给自己打电话吗？为什么现在才打？……难道是来接自己的？是他终于作好准备要把自己视为他的左膀右臂、培养成革命领袖吗？

"还好。"鼹鼠从喉咙中挤出两个字。

"我想想，还是得找你。"对方的声音比鼹鼠想象的要年轻，而且听起来有些大舌头，像喝醉了，"你妈的记事本上写着医院的这个电话号码。"

鼹鼠吃了一惊："您……见到我妈了？"

对方苦笑一声："废话，她是我老婆，天天住在一起。只不过因为你有病，所以我到现在为止还没见过你。"

听到这里，鼹鼠幡然醒悟：自己太傻了。

电话的另一头根本不是自己的亲生父亲，不是什么英雄，而是那个自己只知道他姓胜田的男人。

"喂，让你妈接电话，我有话跟她说。帮个忙啦。"

"她不在我这儿。"鼹鼠说。

鼹鼠咬着嘴唇，懊恼自己刚才居然天真地有所期待。

"说谎可不好。我知道她去医院看你了。"

"她没来。"

"什么？那她能去哪儿？你知道她去哪儿了吗？"

"她不在家？发生什么事了？是你打她了吧？"

"胡说……"男人含糊其辞。

鼹鼠紧握电话："肯定是你打了她，她才跑的。但你把她打跑后没钱花了吧？不然你也不会特地打电话给我。"

"臭小子，再胡说八道，小心我揍你！"对方的口气越发粗暴起来，不过依然大舌头，"虽然我只是你继父，但也是你老子！你要是跟我一起住，我非把你这臭毛病打到好为止。只要把你打到半死，你的毛病准能马上治好！她在你这个没用的臭小子身上花这么多钱，害得老子都没钱出去玩。快让你妈接电话！不然有你好看！"

鼹鼠闭上眼睛，深深地吸了一口气。"听说你那东西超级小？"鼹鼠冷冷地讥讽道，还故意让对方听到自己的嘲笑声，"我妈说了，你那东西是她认识的所有男人中最小的，她还笑你太快完事，连狗都比你干的时间长！"

鼹鼠说话间，眼眶里噙满了泪水。他自己也不知为何如鲠在喉，但仍拼命克制住："你早被我妈甩了！她肯定已经找到新的男人了。蠢货！你要是能好好工作，甜言蜜语哄得她开心，就算那东西小一点儿，又很快完事，她应该也能忍受……唉，你真是个可怜的男人！"

听筒里传来对方破口大骂的吼叫声。鼹鼠不想再听下去，

"啪"地挂上电话。

鼹鼠觉得护士好像在背后看他。"是你爸爸的电话？都还好吧？"身后传来护士的关心。

鼹鼠赶紧低头朝厕所跑去。

跑进厕所后，鼹鼠用袖子抹去满脸的泪水，朝着厕所里的隔门狠狠踹了一脚——那扇门早已被孩子们出于各种理由踢得全是凹坑。

母亲即使离开了那个男人，也不会来看自己。她没那么傻，不会来这种容易被那男人找到的地方。

以前，鼹鼠被母亲一个人扔在家里的时候，也有过三四次被别的男人找上门来。他们穿着鞋子踩进家门，把屋子里弄得乱七八糟，还动手打鼹鼠。每一次，他母亲造的孽都是他遭罪来收拾残局。

母亲总是在事情平息以后才回家，而且往往是在深夜偷偷进屋。

每次回来后，母亲总会拍着鼹鼠的背，满嘴酒气地发誓："妈妈再也不找男人了。从此以后，妈妈只跟你一起过。"

鼹鼠再次狠狠踹了厕所门一脚，然后回食堂。

一进食堂，鼹鼠发现长颈鹿在看他。他只默默地摇了摇头。

看电视的时间结束后，孩子们各自回了病房，可优希依然没回来。

以往，优希每次都是七点前被父母送回医院。

其实有不少临时出院的孩子周日不回医院，也有因为生病或受伤而晚回来，甚至还有因为讨厌医院，一去不回直接退院。

长颈鹿和鼹鼠一直在食堂里等到两名护士来拉窗帘关灯。

"有没有不回来的孩子和你们联系过？"长颈鹿问的时候故意不提优希的名字。

"有没有人打电话来说因为感冒或受伤要周一才回来？"鼹鼠追问。

护士根本不理会，严厉地催促："快回病房！否则扣分！"

食堂熄了灯，长颈鹿和鼹鼠只好回二楼的病房。

周日的晚上，无论男孩女孩，病房里的气氛都不同寻常。

周一到周四，即便有点儿小骚乱，总体来说可谓太平。

周五晚上则热闹得像即将举行大型活动。已经确定周末回家的孩子会兴奋得大喊大叫，在床上跳来跳去或在楼道里东窜西窜，与此同时，总少不了护士的叱责声；回不了家的或讨厌回家的孩子则会怒骂那些亢奋的孩子，还朝他们摔东西。整栋病房楼经常乱作一团。

一到周六，气氛又会变化。病房里只剩下回不去的孩子，所以会是一周里最安静、唯一能清楚地听到海浪声的夜晚——当然，时不时会有打破宁静的夜惊悲鸣或和"理想中的家人"的对话声。

然而，周日的晚上虽然也可谓热闹，却和周五的晚上有所不同。

刚从家里回来的孩子会大声炫耀自己去过哪里、玩过什么，当然他们说的并非全是真话；没回去的孩子会嫉妒得破口大骂，一个劲儿地说："那是他们为了扔掉你而送给你的最后旅行！"直到对方大哭，甚至还有动手打人的。

很多回家过周末的男孩会把色情漫画带回医院，然后在医院的男孩中传阅，直到被翻得破破烂烂。

长颈鹿和鼹鼠回到病房的时候，右侧靠里病床的隔帘已被拉上，里面传出两个人的窃笑声。

同病房的那两个都是初一男生，左侧病床靠里的是浣熊，症状是不停地洗手。现在他的病床上没人。

拉着隔帘的那张病床属于一个叫鸵鸟的。但凡在学习或治疗上遇到一点点难处，他就会钻进杂志或漫画里去；哪怕别人只是单纯地征求他的意见，他也会吓得躲到桌子底下。因此，隐喻逃避现实的鸵鸟成了他的绰号。

九点整，装在天花板上的喇叭里播出提醒熄灯的音乐。

从各间病房里都传出窸窸窣窣、准备就寝的声音，只有极个别孩子还在过道里走来走去。音乐播放完毕，病房楼里顿时安静下来。

护士在值班室里拉下总开关，各病房一齐熄灯，只剩下走廊里还有亮光，透过房门缝隙微弱地照进病房的一角。病房内，孩子们仍在继续发出窃笑声或嘟哝声。

第八章　一九七九年盛夏

长颈鹿和鼹鼠和衣躺在床上，把隔帘留下一道缝隙，竖起耳朵留意着楼下的动静。

鸵鸟和浣熊还在窃笑。

长颈鹿压低声音朝他们吼："都给我闭嘴！"

二人立刻安静下来。明明他俩年龄较大，却都很畏惧长颈鹿和鼹鼠。

曾被长颈鹿和鼹鼠"收拾"过的浣熊拉开隔帘，从鸵鸟的床上走下来，旁若无人地朝病房外走去，看样子又去洗手。

"小心别把你小子手上的皮洗掉。"鼹鼠揶揄道。

十点过后，几乎所有孩子都已入睡，长颈鹿和鼹鼠依然醒着。他们放心不下优希，透过隔帘的缝隙倾听着楼下的动静。

熄灯后没人回来过。病房楼的大门晚上七点关门，之后再有人来，得按门铃，护士在值班室里可以听到。如果有人按了门铃或家长和护士在门口寒暄过，以他们如此认真的"监听"，不可能听不见。

病房墙上，挂钟的时针即将指向十一点。二人叹了口气。

突然，门铃响了。二人悄悄起身下床，从病房里探出头，伸长脖子听楼下的动静。他们听到护士值班室里有人对二楼的男护士喊道："我现在走不开，你去开一下大门！"

二楼值夜班的男护士赶紧下楼。

长颈鹿和鼹鼠蹑手蹑脚地走出病房，经过二楼值班室时，看见另一名男护士正背对他们，像在聚精会神地看书。二人从值班室前经过,来到一楼和二楼之间的楼梯平台上,听见一个男人的声音:"真对不起!这么晚才把孩子送回来。家里的弟弟发高烧,所以出门晚了。"

此刻,整栋病房楼很安静,所以男人的声音很清楚地传到二人的耳中。

"没关系。是久坂优希吧?"二人听到男护士的声音。

"是的。我……现在就得回去……要赶十一点四十五分的末班渡轮。抱歉,给你们添麻烦了。"

"没事,交给我们吧……在家里过周末的时候,一切都正常吧?"

"嗯,挺好的。不过……"

"怎么了?"

"这孩子的左腕受了伤……虽是旧伤,但今天又……"

"伤口深吗?"

"不深……不太深。是在来这里的路上弄伤的,没来得及就诊,只用手帕简单地包扎了一下……是吧,优希?"

长颈鹿和鼹鼠听见有人在走廊里跑动。

二人赶紧探身张望——优希从他们面前跑过,径直冲回自己的病房。

虽然只有一瞬间,但他俩同时看到优希脸色煞白,好像戴着面具,紧咬嘴唇,脸颊红肿,眼皮也肿着,肯定哭过。她的眼睛睁得很大,但眼中尽是虚无。

受伤的手腕上缠着白色手帕。

"被车门夹了一下，伤得不重。"优希父亲的声音听起来像是在掩饰什么，"这个包里是她的换洗衣物。"

"交给我吧。"男护士说。

"拜托您了。"

长颈鹿和鼹鼠猫着腰，悄悄下到一楼，看到男护士正背对着他们，目送优希的父亲。

确认一楼的护士值班室没人之后，二人轻手轻脚地来到优希的病房前。

因为整栋病房楼呈L形，所以从门口的位置看不见后半段靠里面的病房。

在楼梯边的厕所里，护士正在催促孩子："快出来！"把自己锁在厕所里的孩子正焦躁地弄出敲门、拍门的声响；对面的病房里有个女孩的声音哭着在说："谁都不喜欢我！"旁边护士的声音听着像是在安慰她。

长颈鹿和鼹鼠站在优希的病房前，先张望了一下，发现里面没别人，于是悄悄走进病房。

四张病床都拉上了隔帘，完全看不到里面的情形，不过，围着优希病床的隔帘似乎刚被拉上，还有些晃动。

从隔帘里传出奇怪的声响。

听着像是从咬紧的牙关中挤出来的、极度痛苦的喘息声，还有双手猛抓床单的摩擦声。

即使被隔帘遮住，长颈鹿和鼹鼠依然可以"看到"优希的痛苦表情——受到巨大伤害后的她正在拼命强忍。

优希痛苦压抑的模样与晃动的隔帘交叠在一起，如怒涛般撼动着两个少年的心。

男护士目送优希父亲走后，一边朝优希的病房走去，一边对一名从女厕所里探出头的女护士说："久坂优希回来了，手腕好像受了伤，要不你给她看看？……还是我去？"

长颈鹿和鼹鼠听到这话，立刻发疯似的冲向男护士，奋力撞了上去。为了尽可能地让他远离优希，二人使劲把男护士朝护士值班室的方向推。

"干吗？别闹！"也许是因为太过突然，男护士没来得及作出反应就被推进了护士值班室。

女护士从厕所里冲出来大叫："你们干吗？"

长颈鹿和鼹鼠把护士值班室桌子上的资料和台历等物品全撸到地上——他们想尽量给优希多争取一些时间。

几个女孩听到动静后走出病房，来到走廊上看热闹。

长颈鹿和鼹鼠趁护士不注意，冲到大门口，打开大门，飞奔出去。

他们甩掉拖鞋，光脚奔跑，从服务楼与洗衣楼之间穿过，冲到门诊大楼的正门口，扫视停车场，努力寻找优希父亲的身影。很快，他们发现一辆闪着红色尾灯的汽车。

他们不知道优希父亲干了什么。

但从那道隔帘里满溢而出的悲情让他们感同身受。直觉告诉他们,优希痛苦的根源与憎恶的对象,就在那辆正驶出医院的车子里。

他们随手捡起一旁树丛中的小石头朝远去的汽车砸去。可惜连砸两块都没砸中,只能眼睁睁地看着红色的尾灯渐渐消失。

二人像泄了气的皮球,瘫坐在地,一言不发。树丛里开放的鲜红色鸡冠苋①看起来分外刺目,但他们现在完全没心思去把花折断或拔除。

夜间的医院,感觉与白天完全不同。山上的蝉鸣此起彼伏,耳边海浪声阵阵。

突然,二人同时被擒住。

是男护士和保安。胳膊被拧疼,身体不由得前倾,但他俩都咬紧牙关,一声不吭,既不求饶,也不回答任何问题。

男护士和值夜班的医生商量了一下,决定把他俩关进禁闭室——只有犯了大错,才会被送进这里。长颈鹿和鼹鼠都是第二次被关,第一次是在他俩刚住院的时候。

禁闭室在八号楼二楼北侧的尽头,有两个房间。房间的墙壁上贴着水蓝色的防撞橡胶,里面有小床,也有厕所,只能从外面上锁。

进入禁闭室后,他们连抱怨的力气都没有了,直接倒头睡

---

① 又名百日红,草本苋科,穗状花序。

着了——实在太累了。

第二天早上，土桥把他们叫醒，问了几个问题，包括闹事的理由，但他们几乎什么都没回答。

末了，土桥提醒一句："要是再违反医院的规定，我们只能重新考虑是否继续留你们在这里。"

二人听罢，老老实实地点点头。

从禁闭室出来后，他俩各自洗了把脸，然后来到食堂。

优希坐在老位子上，饭菜摆在面前，脸上毫无生气，双眼充血，身上穿着棉布长裤和短袖衫，左腕包着纱布。

她机械似的把牛奶和面包送进嘴里，吃完饭，默不作声地走回病房。不一会儿，默默地拿着课本从长颈鹿和鼹鼠面前经过，径直朝教室走去。

上课的时候、中午回病房楼食堂吃午饭的时候、下午去教室的路上，优希一句话都没有说，也没有看长颈鹿和鼹鼠一眼，仿佛是一个只会按照既定流程移动身体的玩具木偶。

长颈鹿和鼹鼠觉得很奇怪。

下午放学后，二人向优希打招呼，可优希根本不回头，自顾自地早早走出教室。

长颈鹿目送优希的背影："肯定出事了。"

鼹鼠歪着脑袋："又回到刚住院时的状态了。"

二人回到病房，放下课本，来到大会议室准备参加小组会，却没看到应该早就坐在这里的优希。

小组会即将开始，却依然不见优希的身影。

他们谎称要上厕所，悄悄来到一楼，趁护士不注意，窥探了一下优希的病房，但里面一个人都没有。

他们又悄悄地来到八号楼大门口的鞋柜处，见优希的室内拖鞋在柜子里，立刻意识到：优希出去了！

为了不发出声响，二人悄悄地把鞋拎在手里走出大门。

他们去了门诊大楼的大厅、小卖部、医院正门附近，但都没看到优希的影子。他们觉得正门接待处有工作人员，停车场边上有保安，如果优希走出医院，一定马上会被发现。

于是他们折返，又去教学楼及其周围找了一圈，之后再次回到八号楼，沿着墙壁绕到后门。

病房楼与医院外墙之间有五米见宽的空隙，按照一定的间隔种着许多紫薇树。光滑的树干、茂密的枝叶，直径三四厘米的深桃色花朵开得正艳。

从树下小跑向前，忽然听到猫叫声。

他们加快脚步来到净水塔前，却依然没看到优希。

猫叫声确实比刚才听起来更加清楚。他们四下张望。

两座净水塔的长、高、宽都在三米左右，几乎是正方形，底座被水泥固定住，周围用金属网围着。隔着金属网，他们看到了那只见过很多次的野猫。

以前总是躺着睡大觉的野猫此刻反常地站立着，更匪夷所思地伸长脖子，抬着头。

长颈鹿和鼹鼠顺着猫的视线朝净水塔上方看去——

优希正站在差不多两层楼高的净水塔顶,面向东南方,那是灵峰所在的方位,她曾说过出院后想去爬。此刻的她面无表情,双眼瞪大,眼神失焦。

长颈鹿和鼹鼠同时预感到极度的危险。

"你干吗?"长颈鹿朝优希大喊。

"快下来!"鼹鼠冲优希挥手。

他们犹豫着是爬上去把她拉下来还是去叫大人来帮忙。

对视片刻,长颈鹿先开口:"上去!"

鼹鼠立刻响应:"走!"

他们同时攀上围着净水塔的金属网。

"噔噔噔——"净水塔上方突然传来脚踩金属板的声响。

野猫嘶叫。

二人抬头。

优希不见了。

第九章

一九九七年盛夏

1

拂晓，微凉的空气中弥漫着木头的烧焦味。

天色深蓝，家家户户的屋顶飘出缕缕白烟。

白烟虚弱地扭曲着，屋顶上下伸缩，道路蜿蜒，如波浪般忽沉忽升。

优希眼前的世界正在蠕动、变形。

每向前迈出一步，眼前的世界或者说她自己，都会摇晃。

优希听到背后的脚步声。几个人从背后超过她，跑进住宅区的巷中。前方人头攒动。

同一条路上，也有好几个人朝优希迎面走来。周围仍很暗，看不清他们的表情，但听声音，感觉都很亢奋。

"消防队还没有到达，我看见了！火柱蹿得可高了！太厉害了！"

另一个声音扫兴地表示："我特地起床过来看热闹，可警察已经拉起绳子将现场封锁起来，不让进了。"

大部分人穿着睡衣或居家服，应该都是从床上惊醒，直接跑出来的。

虽然天还没完全亮起来，巷中却聚集了很多人。

优希转弯走向人群。

前方二十米左右处已经站着五十多个看热闹的人，所有人都背对优希，有几个正伸长脖子朝前张望。

"怎么样了？"

"扑灭了吗？"

优希听到一个又一个焦躁的声音。

因为路面有向下的坡度，优希得以越过人们的头顶，勉强看到前方。

向前走五六十米，再向右转，就是优希的家。此刻，两辆消防车、一辆救护车和一辆警车正堵在通往优希家的路口。

人们被警方拉起的绳圈挡在外围，穿制服的警员用沙哑的声音喊着，维持着秩序，不让人们越过绳子。被围在绳圈里侧、屋子里的人从窗户探出头，张望着外面的情况。

从优希站的位置无法看到那座失火的房子，连火苗尖都见不着。

被挡在绳圈外的人也许是觉得没什么看头了，纷纷扫兴散去，只有优希继续向前走。

人们发现走来的是优希时，都吃惊不已，赶紧为她让出一条通道。优希因此得以在前进的过程中几乎没撞到任何人。当她来到警方拉起的绳子前准备钻过去时，"不能进！"穿制服的警员厉声制止，但还没等优希开口解释，警员看到她的穿着后马上改口说："哦，您是护士啊？"

优希低头看了一下自己，这才意识到身上仍是上班时的着装——白色护士服和运动鞋。因为在老年科，经常得去抱起病人，所以这个科室的护士们都特意不穿护士专用拖鞋，而穿运动鞋。优希摸了一下自己的头——还戴着白色护士帽。

优希心绪混乱，无法说出完整的词句，面对警员，只吐出两个字："里面。"

警员误会优希是来参与救援的，主动为她抬高围绳，请她进去。

优希拖着早已不听使唤的双腿，朝自己的家所在的位置慢慢走去。

停在自家门口的警车边上，有一名警察正在向五六名戴袖章的记者模样的人介绍情况，但因为上空的直升机太吵，优希完全听不见他在说什么。

优希径自从警车边上经过，没人拦她。

警车旁停着一辆救护车，车后门敞开着，急救人员正在为一对脸部和手部受伤的中年男女进行应急治疗。救护车内的强光将车体内的空间照得明显亮过周遭。

额头贴着创可贴的中年妇女一看到优希就马上大叫："哎呀，优希！"此人正是邻居冈部太太，"优希啊！你可回来了！不得了了！"冈部太太说话的声调近乎尖叫。她站在优希的面前，不停地眨着眼："你刚从医院回来？什么时候知道的？"

优希完全无力回答问题，只是呆呆地站在原地闻着刺鼻的气味，看着冈部太太微微烧焦的头发。

冈部先生与一位中年警官一起走了过来。

"您是久坂小姐？"警官的目光带着些疑虑。

"是啊，她就是久坂家的优希，在川崎的多摩樱医院工作。"冈部太太代替优希回答后，扭头看着优希继续发问，"聪志的事，你都听说了吗？你知道他现在在哪儿吗？那孩子做的事太可怕了……"

冈部先生立刻打断妻子："别多嘴！关你什么事！"

"怎么不关我的事！我们家也差点儿被烧了！要不是我及时醒来，你和我早就没命了！"冈部太太激动得大喊大叫。冈部先生赶紧将她拽到一边。

优希根本没听见冈部太太在说什么，她的耳朵里充斥着直升机的轰鸣声和某种好似地震时发出的地壳震动声。

"请跟我来。"警官碰了碰优希的胳膊肘。

优希跟在警察身后，朝自己家所在的位置走去。

走到湿漉漉的消防车边上时，一股水的味道扑鼻而来——闻着不像雨水，而像是用手捧起自来水再把脸凑过去时闻到的那股味道，也有冲澡时打开花洒的瞬间水从脚边溅起的感觉。

穿着防火服的消防队员们正从优希家跑进跑出，却没什么紧张感，甚至看起来有些闲散。

优希继续向前走。消防车顶的大灯将前方照得通透、亮堂。宽约三米的巷子，左右两侧各有五栋房子，优希的家是最里面的那栋。

然而，原本建有房子的地方现在只剩下焦黑的房屋骨架。

立柱、横梁、屋顶结构全都裸露在外，到处在滴水，耳边是"扑哧扑哧"的声响混鸣,眼前是这里那里的白烟在冒出。

空气中弥漫着复杂的混合味道——木头的焦味、塑料皮革等各种材料燃烧后的异臭……空气本身也很炙热,每一次吸气都觉得气呛。通向优希家的小巷到处是水潭,俨然暴雨方休。

"火势基本已经扑灭了。"警官回头见优希神情恍惚,特意用温柔的语气告诉她。

仍有消防队员抱着高压水枪在优希家门口待命,不过此刻水枪已经不再喷水;更多的队员正在已被烧毁的房子内外继续仔细检查。

"邻居们的损失……"优希费了好大劲才吐出几个字。

"算是不幸中的万幸,大火没有延烧至邻居家,只有几个人轻度烧伤。"警官回答。

优希看了看周围,发现除了自己家被完全烧毁,两边邻居家的房子都完好无损;自家屋子后方,一墙之隔,有一片被用作停车场的空地,看上去也没受太大影响……真可谓万幸。

优希在警官的催促下继续朝前走。在离自家还有四五米处,警官要求她:"请在这里等一下。"

两名戴头盔的救护人员在烧剩下的水泥门前抱着收起来的担架,原地待命。

警方在烧得只剩下一副骨架的优希家里拍照取证,照相机的闪光灯连续亮起,将原本陷于阴影中的部分也暴露了出来。看着一闪一闪的、房子里的角角落落,优希仿佛看到了一家人在这里生活过的一幕又一幕。

这是一家三口住了十七年的地方。烧毁后的面目让优希惊讶地发现——原来自己家的占地面积竟如此之小,而且骨架看起来一点儿都不坚牢。

这栋小小的房子,表面曾有过美好的平静与安稳,深层却涌动着激烈撞击的爱与恨、隐藏太久的秘密和想要相守下去的牵绊。优希觉得自己失去的远远超过一栋房子。

"当时谁在家里?"

优希回头一看,问话的男人正站在警察身旁,穿着消防队制服,看上去有些年纪了,帽子边露出的鬓发已经斑白,皱纹很深,站姿端正,颇有威严。优希判断他应该是在现场负责救火的消防队长。

"听说您是这户人家的女儿?"消防队长又问一句。

优希微微点头。

消防队长低头致意:"真的很遗憾。虽然拼命灭火,也只做到了不让火势蔓延,没能保住您的家。"

优希向消防队长深深地鞠了一躬:"辛苦您和大家了。"但说话时眼神飘忽,并没看着对方。

"冒昧问一下,听邻居说,您是和母亲及弟弟三个人一起生活?"

"是……"优希哽咽得语不成调。

"着火的时候,谁在家里?"

"大概……我妈……"

"只有您母亲一个人？您弟弟呢？"

优希犹豫片刻，摇头表示："不知道。"

"您不知道您弟弟失火时是否在家，还是不知道他现在人在哪里？"

优希沉默不答，她能感受到对方锐利的目光。

消防队长看出优希的犹豫，一字一句地郑重告知："您可能已经听说了，这儿的火暂时可以说是扑灭了，但火这东西很狡猾，有时候看起来已经灭了，可事实上仍有火星躲在墙壁后面或烧焦的灰烬下面，伺机复燃。若大意，很可能会再烧起来……我们的人正在做详细的检查。等天再亮一些，还会进一步展开关于起火原因方面的调查。不过根据目击者的证词，我们怀疑有人故意纵火。关于这一点，稍后会由警察向您详细说明。另外，有件事不得不告诉您……在后方的废墟里，原本应该是客厅所在的位置……我们发现了一具尸体。"

消防队长说到这里，停了下来，想看看优希如何反应，再决定是否继续。

可优希没有任何反应。她完全丧失了思考的能力。水的味道、木头烧焦的味道……她对所有一切都毫无感觉。

消防队长轻轻咳了一声："去世的那位……样子有些……但还是需要您确认一下。看的时候，请千万别太激动。稍后，遗体要被送去解剖，这一点也请您谅解。"

优希感到一股锥心般的难受,忍不住瞪视着消防队长:"解剖!?"

"是的。因为是非正常死亡,所以必须解剖。从您这身衣着可以看出您是护士,对吧?……所以您应该会同意吧?顺便问一句,您是从医院直接回来的吗?是谁通知您的?"

"我不同意。"优希摇摇头,望着烧毁的家,"都这样了,还不够吗?……还要怎样?……"作为医务人员,她明白解剖并不是一件伤害死者尊严的事,但仍觉得无法接受,"够了……"

她什么都不想知道,也不想让别人知道。真相未必总能给人以救赎。

这时,废墟里有人呼叫消防队长,队长应了一声,嘱咐优希在原地等待后,和警察一起跑了过去。残骸中的起居室方位聚着一群人,像是正在商量事情。其中一名消防队员指着上方的横梁一个劲儿地摇头,似乎在说:"不行了,快塌了。"

内场的消防队员招呼在外面待命的救护人员进去。优希不由自主地跟着一起向前走去。

工作人员连续拍了好多照片。

"估计撑不住了,说塌就塌。先抬出去吧。"消防队长下达指令。

救护人员把准备好的担架放在地上,几位戴着手套的人员弯下腰,小心翼翼地从地上抬起一个人形大小的黑色物体,轻轻地移到担架上。

优希立刻冲到近旁。

闪光灯又亮了好几下。

担架上确实有一具尸体。

优希真真切切地看到了,却突然视线模糊,坠入黑暗。

荧光灯照得优希忍不住直眨眼。周围皆是白色。

她感到有些疑惑,闭上眼,做了几个深呼吸。

手脚和背部的感觉让她判断自己正躺在床上,还能感受到床垫的柔软和床单的冰凉。睁开眼,稍稍抬头,她看到自己左腕上扎着输液针,床边放着输液用的架子和倒吊着的输液袋。熟悉的消毒水味、边上空着的病床……

确认完视线所及的所有情况,她意识到自己现在身处于医院的治疗室里。

发现自己穿着分体式的干净病号服,忍不住下意识地确认了一下——还好,穿着内衣。

她猜想,一定是自己在家门前昏倒之后被送进了附近的医院,被换上病号服,接受了简单的检查和治疗。

窗外天色微明。

没有装门的治疗室入口上方挂着一座钟,指针指向五点五十分。

"你醒了?"一名身材矮胖的护士走过来,四十岁左右,面容和善,笑着对优希说,"怎么样?有没有哪里疼?"

优希摇摇头，觉得脑子里好像被迷雾笼罩，朦胧、混沌。此刻的她无法深入地思考，只能对眼前的状况作出简单、机械的反应。

"让您受累了……"优希好不容易才说出一句完整的话。

中年护士稍显夸张地大幅摆手："没什么，护士服弄脏了一点儿而已。给你做过检查，没什么大碍。现在还觉得难受吗？"

"没事了……"优希努力挤出笑容，却实在没有自信笑得自然，"这是哪里？"

中年护士介绍说，这里是武藏小杉站前的综合医院，从优希家骑车十分钟可以到达。

"我没听太仔细，他们说你家着火了？真不走运啊。"

优希闭口不言。她知道，如果自己现在思考并想象对方话中的意思，必定会心跳加速、呼吸困难。

见输液袋里的药液快要滴完，中年护士替优希拔掉针头。

"听说你在多摩樱医院工作？"见优希有些困惑，中年护士赶紧补充，"你的护士服上有医院的名称。"

多摩樱医院的护士服在胸口处以浅色英文字母印着医院的名称。

"我有好几个卫校同学在那里工作。你是哪个科的？"

"老年科。"

中年护士很吃惊："老年科的倒是没人认识。不过我觉得老年科是必不可缺的科室，一直都很尊重。有老年科的医院可不

第九章 一九九七年盛夏 069

多，我们这儿就没有。"中年护士说着，收拾好输液用的器具，朝治疗室外面瞅了一眼，确认没什么事之后，搬了一把椅子坐在优希床边，"我如果负责照看老年患者，就想转去你们那里呢，只怕你们不要。"

"不会不要的。"优希淡淡地笑着回答。

"住院时间长的老年患者会影响医院的收入，所以经常被催着出院。其实很多老年患者如果好好地做复健，还是可以完全康复的。"

"是啊。"优希将注意力转移到对话上，内心的痛苦似乎有所减轻。

中年护士身体前倾，似有满腹忧虑："但从长远的角度来看，如果医院能够完善老年科病房的设施，好好地为老年人看病，帮助他们康复，实际的经济效益肯定不会差。人的出生、成长、衰老、死亡是一个循环，应当受到重视的不应该只有衰老前的阶段。人们常说，最重要的是培养。激励大家通过工作为社会作贡献，甚至对病患或残障人士也有类似的期待。但非要作出什么贡献才能得到社会的认可吗？人的存在有那么卑微吗？当然，有时候，患者本人住院只是为了延续生命，但仍有很多家属因此而得到救赎吧？"

优希点点头，深有同感。

护理、照顾重症或痴呆症患者确实非常辛苦，使人劳累，她自己都免不了有时候会发牢骚。但是，让患者活下去、存活在世上，很多时候不仅对患者家属，甚至对不相干的他人也可能成为一种救赎。

"不过，即使脑子里想得很明白，教育孩子的时候却总说相反的话。我有两个孩子，一个小学六年级，一个初中二年级，学习都不怎么好。我内心希望他们成为富有同情心、善良的人，但在教训他们的时候总说：'不好好学习，长大后就会吃苦头，没法在这个社会上生存下去。'"中年护士苦笑了一下，又叹了口气，"我总对孩子说一些让他们对将来感到不安的话……很讨厌这样的自己。"

"我能理解。"

中年护士有些尴尬："这些话，我和自己医院的人都不说，没法说。让你见笑了。"

"不会。"

"我真心希望自己的话能给予孩子更多的安心感。"

优希认真点头的同时，突然想起母亲志穗曾经说过的话。时间顺序虽被打乱，但从她幼儿时期直到最近，母亲说过的话一下子全都冒了出来。

竭力不使情绪外露的强迫性压抑令优希颤抖了，她赶紧用手捂住嘴。

听到屋外有人在叫，中年护士起身离开。优希立刻把脸紧贴床单，故意使劲咳嗽，只为化解涌至喉头的哽咽。

过了一会儿，中年护士回到优希的病床旁："有什么需要吗？"

优希坐起身子，看了看自己的模样："请问，我的护士服在哪儿？"

"太脏了，拿去洗了，估计要到傍晚才能送回来。"

"谢谢您。那……衣服口袋里的东西呢？"

"都在那儿，没动过。"中年护士指了指床边的一只小篮筐。

优希朝里面看去——笔、简单的医疗用具、信封等都在。

优希收回视线，用手指了指刚才扎针打点滴的地方："我必须住院吗？"

中年护士笑了笑："不用。你要是觉得没事，马上就可以出院。不过送你来的救护人员说，警察有话要问你，让你等他们问完再走。"

"哦……"

"过会儿出院的时候，你不会打算穿护士服走吧？如果不嫌弃，可以借给你一身运动服。"

"可以吗？"

"是以'复健介护'的名目买来的，一直放在储物柜里，没人穿过。衣服很宽松，有中码的，你应该能穿吧？比起护士服，还是穿运动服走在外面没那么惹眼。"

"对了，这儿的医药费……"

"你是特殊情况，又是同行，以后再交也没关系……还需要什么吗？"

"我想打个电话。"

二十分钟后,优希穿着藏青色运动服和同样是借来的室内鞋站在医院大厅的公用电话旁,用中年护士赠送的医院周年纪念电话卡拨打了一个早已牢记在心的手机号码。

早上刚过六点半,优希觉得对方也许还没起床,但她现在已别无他法,听着拨号音一直响了十几声。

"喂!"电话里传来笙一郎的声音。

优希紧张的神经一下子放松下来,反而说不出话来。

"喂……喂……"笙一郎重复道。

"是我,久坂。"

"嗯……怎么了?"笙一郎吃惊的声音里并没有抱怨从熟睡中被吵醒的意味。

优希不知该如何表达,她现在满脑子都是对弟弟的担心:"聪志他……"

"聪志?聪志怎么了?"

"我家……被烧光了。"

"啊?"

"聪志,拜托你了!他也许……会死。"

"你胡说什么啊!到底怎么了?"

优希从胸腔深处重重地吐出一口气:"太可怕了,真的太恐怖了……"

"你好好说!"

第九章 一九九七年盛夏 073

"是我害死的……是我杀的!"

"害死谁了?"

"我的家……全毁了……"优希担心自己尖叫出声,赶紧用手捂住嘴。

"聪志当时在家吗?"

对于笙一郎的提问,捂着嘴的优希从指间挤出两个字:"我妈妈……"

"你母亲?难道你母亲……"

"求你了,保护好聪志!"

"到底怎么回事?我越听越糊涂。聪志现在在哪儿?"

"不知道。"

"那你呢?"

"我?别管我了。"

"你在哪儿?从哪儿打的电话?"

"我只想求你救救聪志。他不是坏孩子,只是很可怜……太可怜了……"这几句话让优希用尽了全部的力气。

即使笙一郎仍在追问,优希也不再开口,而是挂断了电话。

2

笙一郎无奈地收起手机,回过头去。

流产后的奈绪子被笙一郎送进了医院,此刻正在医院大厅的沙发上坐着，身体状况已经有所恢复。接到电话前，笙一郎正准备送她回家。

奈绪子体谅地对他说："您要是有事，就去忙吧。我自己能行。"她看得出笙一郎心神不宁。

外面披着笙一郎的西服，里面穿着的睡衣和凉鞋是笙一郎半夜敲开医院小卖部的门特地为她买的，还买了包袱布，奈绪子正放在膝盖上抱在手里，里面包着弄脏了的和服。

她的脸色比之前要好一些，医生同意她出院，但笙一郎实在放心不下她一个人回家。

"我送你。"笙一郎说着搀扶起奈绪子，朝医院门口停着的出租车走去。

天已亮，但乌云厚重，恍若黄昏时分。

坐进出租车，笙一郎没心思和奈绪子说话，反复琢磨着优希刚才的电话。奈绪子则因为身体疲倦，一直闭目养神。

出租车到达奈绪子的家，笙一郎嘱咐司机等他一下，扶着奈绪子走进屋。

奈绪子把笙一郎落在店里的公文包还给他，把他送到门外，深深地鞠躬："谢谢您！"

"本来应该再多陪你一会儿……"

"不用，已经没事了。"奈绪子淡淡一笑。

笙一郎的心思完全不在这里，匆匆说了声："请多保重……以后再来看你。"说完抬脚要走。

奈绪子忽然想起什么似的"啊"了一声："我还欠您钱呢。"

笙一郎苦笑道："下次来的时候，请我吃大餐就行。"

"还有……"奈绪子欲言又止。

"什么？"

"您能不能告诉我……"奈绪子低下头，犹豫再三，还是问出了口，"优希小姐……她的全名叫什么？"

笙一郎愣了片刻，觉得如果骗她或者不告诉她，也许会更伤害她，逼得她更难受，于是故意没当回事地说："她叫久坂优希，长久的久，长坂坡的坂，优秀的优，希望的希。"

"在哪儿工作？"

"在多摩樱医院当护士。"

"原来是护士啊……"

"我母亲在那家医院住院，所以我比较了解她。她是一个为了患者牺牲自我、对工作加倍付出的人，没时间也不可能为了私事去见谁。"

奈绪子明白笙一郎的言外之意，微微点点头。

"总之，你现在别胡思乱想了，好好休息。"笙一郎说完安慰的话，转身离开。

坐回出租车，车子刚发动，笙一郎便立刻将奈绪子的事抛在脑后。

笙一郎在车上给律所打了两次电话，给聪志的手机打了三次电话，但都没人接。

优希家附近目前正在实行交通管制，笙一郎只好提前下车，步行了二百米左右。

街道看起来并无太大变化，既没有冒烟点也没有着火时的慌乱场景。笙一郎径直走到通向优希家的小巷前，消防车和救护车已经开走，现在停在那里的有两辆警车、两辆鉴证科专用车和两辆貌似私家车但从车牌可以判断是便衣刑警的用车。

路口拉着绳圈，上面挂着"禁止入内"的牌子，里面有穿制服的年轻警员在站岗。绳圈外虽然有几个看热闹的，但看衣着，应该只是上班路过，嗟叹着同情几句，看看就走。

笙一郎走到绳圈前停下脚步。他知道优希家的位置，他曾不止一次悄悄来过这里。

然而现在，那栋房子只剩下烧焦的黑炭色骨架。看情形，之前的灭火工作持续了很长时间。在禁止入内的区域内一角，有一块地方被划为媒体专用区，被派来进行报道的电视台员工一个个无精打采——因为没有出现大范围的延烧，他们没能拍到有"爆点"的镜头。

优希家门前围着黄色警戒带，笙一郎明白这是警方为了保护现场。几个戴着安全帽的人一边进行勘察作业，一边留意着烧焦、掉落的木材和翻倒在地的家具。不仅有穿着鉴证科制服的，还有几个穿西装的，看起来不像鉴证人员，也不像消防员。

笙一郎平日里主要处理民事案件，所以认识的警察不多。面对站岗的年轻警员，他故意做出不安的表情："我是着火的这家的邻居冈部先生的朋友，是他叫我过来的……烧得厉害吗？"优希家邻居的名字是他以前记住的。

脸上长满醒目的青春痘的年轻警员打了个哈欠，点点头："没烧到别家。"

笙一郎急切地问："有人受伤吗？"

"呃……我不是很清楚……"

"没人受伤，对吧？"

笙一郎认真追问的表情让年轻警员忍不住透露："着火的这家死了人……"

"谁？"

"详细情况……我也不知道。"年轻警员确实不知情。

"我可以进去了吧？是冈部先生特地叫我来的。"笙一郎一副理所当然的模样。

年轻警员没多废话，撩起围绳把笙一郎放进去。

笙一郎钻过绳子，大摇大摆地快步向前走。地上到处是积水，每踏一步都有水花四溅。不止木头，各种材质烧焦后的异臭混杂在一起，充斥于空气中。

笙一郎毫不犹豫地走向优希的邻居冈部家。站在优希家废墟边的一名穿制服的警员朝他看了一眼。

笙一郎特地不按门铃，为了让看着他的警察也听见，故意大声叫门："没事了吧？"然后装成冈部家的熟人的模样敲了两三下门。

很快，屋里有人回应并开了门。

"唉哟，真是的！'笙一郎说着，闪身进入冈部家。

一名六十岁左右的妇女疑惑地看着笙一郎，在她身后站着一个和她年龄相仿的男人，正一脸的莫名其妙。两个人都受了轻伤。妇女的额头和右手指甲部位贴着创可贴；男人的耳朵和手上抹了药。

"您是警察？"妇人问道。

笙一郎露出职业式的微笑，让对方没那么警戒："您好，我是律师。"

一般而言，亮出律师身份的效果和自称警察一样——笙一郎的丰富经验令他深谙此道。他掏出名片双手呈上："您的邻居久坂聪志在我的律所做事。这次害您受累了，有什么需要，请尽管提出来。"语气恭敬，态度诚恳，令对方紧锁的眉头顿时舒展开来。

"关于这场火灾，您能告诉我一些细节吗？"

冈部夫妇说，他们看着优希被送上救护车，并把急救队员提到的医院名称告诉了笙一郎。

笙一郎立刻奔赴距离优希家骑车十分钟可达的综合医院。

上午九点多，医院大厅里已经聚集了很多人。笙一郎来到忙碌的挂号台掏出名片，打听优希的情况。

挂号台里忙得不可开交的年轻女职员狐疑地看了看笙一郎。

笙一郎故意摆出大律师的架子："天亮前从火灾现场送来一名患者，是穿护士服的女性。"

女职员为难地歪着头："已经走了。"

"走了？出院了？"

"怎么说呢……"女职员瞥了一眼身后，让笙一郎稍等，然后叫来一位身形消瘦、年纪偏长的女性负责人。女职员和负责人简单沟通了几句，负责人拿着笙一郎的名片走到他跟前，一副公事公办的表情："请问您是久坂优希的代理律师吗？"

笙一郎一边点头一边回答："如果她有需要，我当然愿意成为她的代理人，但现在我是作为她的朋友，因为担心她而来。听说她昏倒后被送来了这里。"

听到这话，负责人的态度略变温和："她已经走了。"

"您同事刚才已经告诉我了……到底怎么回事？"

负责人有些难以启齿："现在说这个，也许有些不合适，但既然您是律师……能不能先把她的医药费结一下……"

"当然。"笙一郎爽快地答应。

"这边请。"负责人的脸色明显转晴，立刻把笙一郎请到里屋的办公室。

负责人说，优希是未办理出院手续擅自离开的。她穿着夜班护士借给她的运动服，用公用电话打了个电话就不见了。

夜班护士很忙，发现她不在的时候已是早上七点半。优希只在床上留了一张纸条，上面写着："衣服和钱一定奉还。"

"那张纸条呢?"笙一郎问。

"被警察拿走了。"

笙一郎又询问了优希的身体状况、运动服的特征、是否带钱等细节,全额支付了医疗费后匆匆离开医院。

笙一郎判断优希肯定是在给自己打完电话后立刻离开的。她知道警察在找她,不可能在医院附近逗留。但她穿着一身运动服,身上又没带钱,应该不会走太远。

笙一郎在医院周围找了一会儿,只看见几辆没开警灯的警车。寻找无果,笙一郎坐上一辆出租车,对司机说:"去品川。"

出租车从中原街道开往五反田方向。

天空阴沉,闷热难当,恼人的汗水湿透了笙一郎的后背。他毫无睡意,只觉得恶心、反胃。

笙一郎没有让司机把车停在律所前,而是提前下车走了一段路。

律所大楼周围似乎没有可疑人物。

笙一郎判断警方尚未召开搜查会议或会议正在进行,但最迟到了中午,就会有警察找上门。回忆了一下,笙一郎觉得火灾现场那几个穿西服的很可能是搜查一科负责火灾案的警察。

笙一郎掏出钥匙正要开门,却发现门没有上锁。他以为聪志在里面,激动得一把推开大门。

出现在眼前的却是真木广美。

广美正往桌上的花瓶里插百合花。她身穿亮黄色向日葵图案的超短连衣裙，浑身散发出时尚活力与夏日气息。

"早上好！"广美爽朗地笑着向笙一郎打招呼。

"哦……早。"笙一郎敷衍了一句，扫视整间办公室，"就你一个人？"

"嗯。有的论文考试没通过，到现在还没缓过劲儿来；有的为了准备下一场考试，去参加夏季集训。估计今天就我一个人。"虽然之前名叫伊岛的警察来律所时，广美因为聪志的事和笙一郎闹过不愉快，但自那以后，她好像什么事都没发生过似的，照常来上班。

"干脆把门锁了怎么样？"广美略带挑逗地打趣道。

笙一郎觉得广美的眼神太过炽烈，赶紧移开视线："见过聪志……不，你见过久坂吗？"

广美耸耸肩："没有。他昨晚好像不在律所……您怎么了？"

"什么怎么了？"笙一郎反问道。

"您看起来非常疲惫。衣衫不整，胡子不刮，头发也乱糟糟的……您这是要改变形象？颓废风可不适合您哦。"

笙一郎瞅了一眼门边的镜子。

西装皱了，领带歪斜，头发蓬乱，胡碴邋遢，脸色也很苍白……笙一郎使劲搓了搓脸："通宵准备材料，不知不觉到了早上，稀里糊涂就过来了。"一边说着显而易见是勉强敷衍的理由，一边打开个人办公室的门。

满屋都是烟味。柔和的光线从百叶窗的缝隙透进屋内，交织成斑驳的光影。

"你没动过什么吧？"笙一郎问广美。

"没有，因为您嘱咐过。"

笙一郎关上门，拉起百叶窗环视房间，暗自期待聪志能留下线索。连里屋的小仓库也翻找了一遍，却仍然一无所获，连一张便条都没有。笙一郎像泄了气似的，坐在写字台前的椅子上。

敲门声响起。笙一郎应了一声，广美推门而入："这是来电记录。"

笙一郎抱着一丝希望地接过广美递来的记录，却发现全是工作方面的电话。

"久坂没来过电话？"笙一郎还不死心。

"没有。"

"警察没来过电话？"

广美感到奇怪："至少我到达办公室之后没有。"

"是吗……"笙一郎忍不住叹了口气。

笙一郎意识到广美正盯着自己看。她身上散发着一股甜而香的气味，通常情况下，肯定会令人心旷神怡，此刻却刺痛了笙一郎的神经。

"我给您泡杯热咖啡吧。"广美语气温柔。

"不要！走远点儿！"笙一郎本应表示感谢，可现在的他只能吐出这种冷言冷语。

广美走开后，笙一郎叼上一支烟，视线停留在打火机冒出的红色火焰上。

冈部太太说，优希家着火前，她曾听见屋子里传出叫喊声，虽然听得不是很清楚，但确实有一个男人的声音在吼："到底是怎么回事？！"

冈部太太说那声音像是聪志的。以前她听到过聪志和志穗为了聪志工作的事而吵架，所以当时以为也是类似的情况。

"骗人！"

冈部太太说，她感觉聪志的声音中充满了悲愤，不过冈部先生说他什么都没听见。

后来，睡不踏实的冈部太太又听到奇怪的声响，睁眼一看，大火已照亮窗帘。

见优希家烧了起来，她赶紧叫醒丈夫。冈部先生打电话报警时，她先从家里跑了出来，就在那时，她看见优希家的前面站着一个人影。

站在屋外看着大火燃烧家宅的人——"是聪志！"冈部太太非常肯定。

"您没有看错？"笙一郎反复问了好几遍，冈部太太都回答绝对没错，还说聪志盯着房子燃烧时，表情似笑又似哭。

之后，从家里跑出来的冈部先生大喊："着火了！"聪志这才突然回过神来，慌慌张张地逃跑。

笙一郎摇摇头，把烟掐灭。

他想不出聪志会去哪里。他往自己的公寓打了电话，可他从来没给过聪志自己家的钥匙，所以聪志不可能在那里。明知如此，笙一郎还是对着家里的录音电话留言："聪志，我是长濑。如果你在，快接电话。我会帮你的……聪志，相信我，一切交给我去处理。你会没事的……"

笙一郎反复说着相同的话。

直到录音电话的时长全部用完，笙一郎依然握着听筒。

3

想打哈欠却始终打不出来。

眼睛干涩，眨了又眨，后脑勺隐隐作痛。

梁平从草丛中抬起头。

"昨晚从搜查总部溜出去之后，找乐子了吧？"身旁，幸区警署的警部补[①]调侃道。

梁平面无表情，一言不发，正竭力克制着愤怒而又焦躁的情绪。

"可别看漏了！……不过这样一直把头钻到草丛里，还真的有点儿烦了。"警部补挠着被蚊子叮出好几个包的脖子嘟囔道。虽然使用了防虫喷雾，但因为太长时间钻在草丛里，还是免

---

① 日本警衔之一，位于警部之下，巡查部长之上。

不了被蚊虫叮咬。

梁平继续埋头搜寻。

昨晚从奈绪子家里出来后,他内心极度痛苦,一宿没睡,一直在外面转悠。天亮后直接来参加今天的晨会。

会议上,领导说大家之前找到的物品已经送去鉴定,今后几天还将继续在案发现场展开搜查,却只字未提到底还要找什么。警员们对此颇有微词。

搜寻小队共三十人左右,这天上午找到的东西几乎全是垃圾,大家都没什么干劲。总算熬到了午休时间,前来换班的幸区警署的弟兄们随口说起——多摩樱医院好像出事了。

因为附近没什么吃饭的地方,不少警察都去多摩樱医院的食堂用餐。今天幸区警署的警察去吃饭时,看到医院的停车场停着好几辆警车,一下子猜到肯定有情况。他们找了几名穿制服的警员打听。"说是在追捕一名纵火犯,应该跟我们这边的案子没关系。"

梁平与另外几名警员一起被换下,可以去吃饭了。离开绿地前,他从口袋里掏出手机看了看——他昨晚把手机设为语音留言模式。

梁平边走边听留言,发现笙一郎今天上午打来过好几通电话,但没详说,只是反复叫他:"尽快跟我联系!"梁平以为要说奈绪子的事,所以故意不给笙一郎回电话。

梁平之前一直不愿意去多摩樱医院的食堂吃饭,因为害怕见到优希，但今天听说有警察在那儿追查纵火犯，觉得事出蹊跷，于是跟着其他几个常去吃饭的同事一起来到医院。还没等走进大门，他已经忍不住朝里张望。

医院的停车场确实停着一辆没有涂装标记、但从车牌可以判断是警车的车子。

"有泽！"忽然有人叫了他。

迎面走来的正是伊岛，之前与他组队的巡查部长并不在他身边。

伊岛向另外几名警员客气地打招呼，唯独对梁平吹胡子瞪眼，说话没好气："正想给你小子打电话呢！"

梁平走进医院大门后停下脚步。

"你都知道了吧？"伊岛问。

"我是来吃饭的，知道什么？"梁平反问道，一脸莫名其妙。

"久坂优希没给你打电话？"

"没有。她为什么要给我打电话？"

"那个律师呢？叫长濑笙一郎的。"

梁平犹豫片刻，摇了摇头："没有。"

伊岛依旧绷着脸，表情严肃："你这下知道这起杀人案我怀疑谁了吧？"

伊岛之前没有在会议上提出，因为那只是他的直觉和猜测，但现在越发确定，连连点头："幸区警署那小伙子跟我一组，我通过他拜托他们中队长去调查久坂聪志。刚才中队长给我来电话，说负责纵火案的弟兄们已经去他家了。"

"到底怎么回事？"

伊岛停顿了几秒："久坂聪志的家被烧毁了。"

梁平顿时哑了，完全说不出话来，只能盯着伊岛的嘴唇。

"今天凌晨两点左右，有人看见久坂聪志站在着了火的自家门前。初步判断是有人在屋里泼洒了灯油，然后点火。扑灭大火后，他们发现了一具尸体……是女性。"

梁平惊得目瞪口呆，更加发不出任何声音。

伊岛轻轻摇了摇头："不是他姐姐。据说久坂优希是在火势扑灭后穿着护士服到达现场的，与消防员和警察进行沟通时昏了过去，被送去附近的医院，却突然消失不见了。"

"消失不见……什么意思？"梁平终于说出话来。

伊岛一脸不悦："天晓得。明明告诉过她要等警察问完话才可以走，她倒好，不声不响地溜走了。我估计她现在很有可能和她弟弟在一起。"

"和她弟弟在一起？为什么？"

"因为久坂聪志来过这里！"

梁平又是一惊："什么时候？"

"今天凌晨三点左右。"

"你们都调查过了？"

"接到中队长的消息后，我们先去了他家，然后来这里，正好撞上负责纵火案的弟兄们。带队的冲津主任和我是同一年进警队的，有点儿交情，所以透露了些消息——从时间上看，聪志是放火烧了自家后直接跑来医院的。和久坂优希一起值夜班的年轻护士看见他神情呆滞地出现在老年科的护士值班室，当时他身穿普通的夏款薄西装，但看上去很狼狈，身上还有灯油味。年轻护士听见他对姐姐喃喃地说：'我把咱们的妈妈烧了'。"

"怎么可能……"

"证人说确实听到他这么说。久坂优希和她弟弟一起坐电梯下楼后再也没有回去。"

梁平口干舌燥，心烦意乱："聪志……没说别的吗？"

伊岛摇摇头："那个年轻护士只听到这一句。"

"聪志现在在哪儿……"

"不知道。负责纵火案的弟兄们联系过他的律所，对方说他不在。律所和这儿一样，已经安排好人手进行监视。"

"为什么？"

"你傻了？都出人命了！死者肯定是那小子的母亲。虽然验尸结果还没有出来，但那小子亲口说把他母亲烧死了。"

"可是……"

"你好好想想，他母亲因为担心儿子，熬到半夜都不去休息，只为等儿子平安回家——当时她给我们开门的样子，你还记得吧？"

梁平低下头。

"他把对他那么好的亲妈烧死了，这是人干的吗？"

"可是……还没完全调查清楚吧？"梁平自知这话毫无底气。

"确实还没完全弄清——他是先杀再烧还是把他母亲活活烧死……不管是哪一种，想想都恶心。有泽，你记得我以前说过的话吗？"

"什么？"

"久坂聪志和他母亲之间有某种病态的羁绊……你看，被我说中了吧？"

梁平无言以对。

"伊岛警部补！"背后有人叫伊岛。

幸区警署的巡查部长从医院大门口朝二人跑来，用眼神向梁平打了个招呼，然后向伊岛报告："没有见过久坂聪志的其他目击者了。负责纵火案的同事都已经确认过了。"

伊岛长长地叹了一口气："看来这两个案子要'撞车'，真麻烦。"

突然，梁平的手机响了。

梁平赶紧走到一边，掏出电话，却并没有立刻接听。

想到有可能是优希打来的，他立刻心跳加速。

梁平按下接通键，电话中传来一个刻意压低的声音："喂，是你吗？终于不是录音电话了？"

4

优希怔怔地看着流动的河水。

感到有人在看她,她立刻逃也似的起身离开。走累了,就再找一个沿岸的地方坐下歇脚。

尽管一路上曾和很多人擦肩而过,但因为她穿着一身运动服,看起来像是在慢跑锻炼,所以并没有人在意她。

不知不觉,太阳西下,河水的流动已肉眼不可见。

优希走上河堤。

令她确认河水存在的是两岸的路灯、大桥上的照明、行驶在桥上的电车或汽车的车灯,被流动的河水反射形成忽明忽暗的摇曳光影。

她完全不知道自己现在身在何处。从住家附近的医院跑出来之后,她漫无目的地来到这条河边,沿着河岸走了很久。途中,体育场或高尔夫练习场挡住去路时,她便走上河堤或自行车道,继续沿河流方向朝前走。

之前用过几次公园里的厕所,但天色渐暗后,她连排泄欲都没有了,更不用说食欲。

她想过去找聪志,可一来完全不知道去哪里找;二来即便真的见到聪志,她也不知道该说什么,单是想象一下都觉得可怕至极。

她感到无能为力,无法为聪志做任何事了……

"聪志……聪志……"她双手捂脸,一遍又一遍地呼喊着弟弟的名字。

走到力气耗尽时,她便躺在草地上,倾听着近处的潺潺流水声。

上方是宽广的深蓝色天空,像幕布被戳开了小洞,几颗光粒一闪一闪。

优希注意到其中一颗正放射出惊人的光芒。

她全神贯注地凝望着那异样的光芒,并开始想象……若揭开天幕,会看见什么?

天幕的另一边,也许有守候在双海医院后方的、浩瀚辽阔的大海,还有耸立于医院正对面的、郁郁葱葱的明神山。

那年初秋,暴风雨过后,在明神山的树林里,三个人手拉手抱住了大树……新生的羁绊曾让优希感到自己可以活下去……

好想回到那个时候!

可是,上方的光芒实在遥不可及。

起风了,越刮越大,黑云滚滚,闪亮的光粒消失不见。

巨大的云团中突然分裂出一大块,急速下坠。云块瞬间变成一匹黑马,在空中疾驰,冲向优希。

黑马瞪着充血的眼睛,龇着污浊的牙齿,嘴角流着黄色的口水,太阳穴附近青筋暴起,扬起四只粗大的马蹄,步步逼近。躺在草地上的优希看到马的后腿间有个肿瘤般的黑色肉块。

优希吓得在心中尖叫,极度的恐惧令她不由自主地狠狠抓住左侧乳房,不惜撕开胸膛连同心脏一并奉上,以求放过。

一眨眼的工夫,马背上出现一个人影,拉着黑马如钢铁般坚硬的鬃毛。就在马蹄即将踩踏到优希的一瞬间,黑马突然调转方向。马背上的人伸出手,取走了优希的供奉。

黑马重新飞向天空,似去追赶那远飘的流云。此时,被当作贡品取走的优希的心脏变成一个小小的婴儿,面容与优希一模一样。骑在马上的人披着秀丽的长发,回过头来——正是年轻时的志穗!

妈妈……优希想呼喊,却如鲠在喉。

因为胸闷难受,优希索性坐起来。

周围已经变亮,眼前即是流水,阳光照耀下的河水反射着细碎的波光。天上没有黑马,也没有一片云朵,只有蔚蓝色的晴空万里。

优希的胸口当然并没有被撕裂,但那份永失挚爱珍宝的空虚与恐怖却比昨日更为强烈。

近处传来狗叫,优希慌忙站起身,疾步逃开。小跑了一段路,她看见一座棒球场,还听见人们的笑声——优希觉得他们是在嘲笑自己。

优希刚走到岸上的自行车专用道,身后便响起急促的车铃声,她赶紧躲避,却险些摔倒,愣愣地看着自行车从她身边飞速而过。

她好想哭，像个迷路的小孩，不知该去哪儿，也不知该怎么去。

不知道哪里会有人在等自己，也不知道如何才能找到愿意保护自己的人……她甚至不知道这样的人是否存在。

优希躲到杜鹃花的树荫下，把手伸进运动服的口袋，摸到一张卡——如同找到护身救命之物——是中年护士送她的那张电话卡，上面印有一位医生和一名护士站在医院楼前的形象。

优希瞬间想起双海儿童综合医院。

"不回来的话，扣分！……"

优希环顾四周，抬脚向前走。

在自行车专用道与机动车道的交界处，她看见一间公用电话亭，心想，电话卡里应该还有余额。

她根本不记得双海医院的电话，却依然摘下听筒，拨通了一个熟悉的号码。

"您好！这里是老年科病房。"

优希奇怪自己怎么直接打给了病房楼？但科室名听着又不对劲。

"喂？您是哪位？"

优希觉得对方的声音很熟悉，脑海里浮现出护士长的模样……她记得八号楼的护士长好像姓……内田。

"喂……"优希终于开口。

"是久坂？"对方吃惊地大声问道。

"是我。"

"你现在在哪儿？没事吧？"

"对不起。"

"为什么突然离开医院？快回来！大家都很担心，到处找你呢！我知道你受了很大的打击，但你还得好好办理你母亲的后事！不然她太可怜了……你母亲在等你！"

"我妈妈？……在等我？……在哪儿？"

"什么在哪儿……快告诉我你现在在哪里！"

优希看了看周围："我不知道。"

"你是不是现在不方便说话？有苦衷，对吗？"

优希没听懂内田护士长的意思。

"你边上是不是有别人？"

"我不知道。我该怎么办？"优希感到无助又无奈。

优希本意想说自己不知道该怎么回医院，但内田似乎有所误会，突然冒出一句："患阿尔茨海默病的长濑麻里子的儿子是你的朋友吧？他昨天来过医院，说如果你和医院联系，让我们一定转告你，叫你给他打电话。那个人是律师吧？要不，你找他商量一下？"

"长濑？"

"对，长濑笙一郎，你弟弟在他的律所工作。"

嗯……是有个叫笙一郎的，但为什么叫他长濑呢？他明明不姓长濑，是姓胜田啊。

第九章 一九九七年盛夏

"喂?久坂!久坂副护士长!"对方急切呼喊。

优希用手指按下听筒的挂钩,切断了电话。

她把电话机里吐出来的电话卡重新插回去。笙一郎?自己有他的电话吗?……尽管心存疑惑,但她还是凭着记忆拨通了一个号码,然后闭上眼睛等待对方接听。

"喂?"听筒里传来一个熟悉的声音。

优希没出声。

"喂?喂?……哪位?"

优希还是不说话。

对方沉默了一会儿,突然顿悟:"是优希?"

被眼睑封闭起来的黑暗世界忽然裂开一道细缝,光亮透射进来。

"是优希吧!"

一语方落,光芒四射,黑暗消散,优希眼前宛若出现一片无垠的大海。闻着散发香气的潮水,她感觉是来自神明山的凉风将背上的汗水渐渐吹干。

"鼹鼠?"优希发问。

对方凝神静听,认真回应:"是……我是鼹鼠。"

"鼹鼠……你……在哪里?"

海边空无一人。辽阔的沙滩上,温柔的海浪涌来,后退。优希回头看去,高山就在身后不远处,但依然不见人影,只有郁郁葱葱的树木随风摇摆。

"我在律所。你呢？你在哪儿？你现在到底在什么地方？"

"好像是医院附近，我也说不清。"

"什么医院？"

"双海儿童医院啊，你不知道吗？"

对方陷入沉默。

优希感到不安："鼹鼠？"

"啊……我在。"

"长颈鹿呢？"

"那小子不在这儿……但我们都在等你，在找你呢！"

"我看不见！看不见你们！哪儿都没有鼹鼠，也看不见长颈鹿……"

优希远眺高山，遥望大海，却看不见人。此时，太阳被云层遮住，大海失去光辉，树木陷入暗淡。

"鼹鼠……我好害怕……"优希无助地呼喊。

"我知道。没事的！一定会救你的！你知道的，我们一定会救你！"鼹鼠奋力回应。

优希受到了鼓舞："我知道，你们一定会来的。"

"你在什么地方？再好好地告诉我一遍。"

"不是已经说了吗？双海儿童医院附近，但具体位置我说不清楚。"

"好，接下去听我的。做几个深呼吸，如果还闭着眼睛，那么现在请睁开，好好看着眼前。"

优希依旧极度害怕,却还是听从鼹鼠的建议——深呼吸,睁开眼睛。

"看见什么了?"鼹鼠问。

"电话。"优希看着眼前的电话机,如实回答。

"什么颜色?"

"绿色。"

"你慢慢抬起头,上面应该写着地址和电话号码,念给我听。"

优希抬起头,果然看见了地址和电话号码。地址是用汉字写的,优希原本心想:没事,每个字,学校都教过的。结果却发现,连起来之后,她根本不会念。

"宇宙的宇,奈良的奈,树根的根。"

"地区编号呢?"

"没有编号,只写着交叉路口。"

"好的,是宇奈根交叉路口,对吧?电话号码呢?"

优希照着念了一遍。

"明白了。我这就过去!你在原地等着!"

"长颈鹿也来吗?"

"不……我一个人先过去。"

"长颈鹿生我的气了?"

"没有,他没有生气。他也正担心你呢。你待在那儿别动,我会不停地给你打电话。电话铃响,你一定要接。记住了吗?"

优希回答"好"。

突然,有人敲电话亭的门,优希循声看去。

一个戴眼镜的女人正表情严肃地敲电话亭的门。

优希不自觉地抬起左腕,狠狠地咬住自己的手臂。她挂上电话,推门冲到外面。

"等等!你的电话卡!"身后传来那个女人的喊声。

优希完全不予理会,自顾自地朝河边跑去,穿过自行车专用道,冲到茂密的草丛深处。她一直咬着手臂,直到下颚没了力气才松口。所幸运动服的布料比较厚实,没咬出血来。她双手抱膝,无力地坐在草丛里。

眼前开着几朵浅粉色的石竹花①。在一片绿色之中,小小的粉色显得特别可怜、惹人爱。优希躺下,把脸凑近花朵,闭上眼睛。

和石竹花一样浅粉色的天空在眼睑的另一侧铺开——恰是她曾在明神山的树林里抬头见过的那片天空。

在明神山的树林里,没有怀疑的质问,没有责备的恶言,只有慰问的细语与关怀的柔声。

"鼹鼠……长颈鹿……"优希轻声呼喊。

"没事吧?"寂静之中,有人关心地问道。

"我好累……"优希诉说着自己的辛苦。

---

① 又称洛阳花,石竹科,生长于草原和山坡草地,耐寒,喜向阳。

"嗯，我知道，你太辛苦了。"

听到这充满感情的声音，优希热泪盈眶。

"我受够了，真的受够了。一件好事都没轮到。"一股想要撒娇的冲动油然而生。

"嗯，是啊。"那声音听起来既没有否定也没有鼓励，却有着温柔的接受与包容，"你已经很努力了，也吃了很多苦。真了不起……你真的很了不起！"

听到这番话，优希觉得自己的身体一下子飘在了空中。

"鼹鼠？长颈鹿？"

"我是鼹鼠。"有人在她耳边轻声回应。

优希感到自己像个婴儿，正被人轻轻地拍着摇着："我可以睡了吗？"

"嗯。"

优希觉得自己正离开明神山的树林朝大海而去："鼹鼠！"

"怎么了？"

"我喜欢你！"

"别逗我了。"

优希露出微笑。

耳畔响起潮水声。

5

久坂家被烧毁、优希从医院出走的那天深夜，梁平在幸区警署开完侦查会议，去了趟火灾现场。

考虑到聪志有可能回去，中原警署派了两名穿制服的警察守在路口，见梁平掏出证件后才放他过去。

夜色中的久坂家只剩下一副残缺不全的焦黑骨架，再难觅见曾有人居住的痕迹。梁平看着眼前的残骸，不敢相信优希、聪志和志穗三个人曾在这里生活过。

第二天，按照上级的指示，梁平继续去多摩川绿地搜索可疑物品。他想去找优希，可作为警察组织中的一员，他很清楚自己不可能获批单独行动，而且他确实也不知道该去哪儿找。去多摩樱医院吃午饭的时候，他看到警察依然在附近盯梢。

这天晚上的侦查会议开始前，伊岛把梁平拉到一边耳语了几句。

最近的会议都是一个模式——下级汇报案情没有进展，上级生气拍桌呵斥训人。

梁平离开幸区警署后，来到第二京浜道旁的一座加油站前。因为附近有批发市场和制造业工厂，所以即使在深夜，路上依然车水马龙，气温也没怎么下降，空气显得浑浊、浓重。

十五分钟后，一辆黑色轿车停在梁平面前，从车牌可以判断是私家车。

车门打开后,梁平看到大队长久保木坐在后排。他用眼神示意梁平快上车。梁平钻进车里,坐在久保木边上。开车的是伊岛。他们没说去哪儿,梁平也没问。

黑色轿车在第二京浜道上往北开了一会儿,转入府中街道,再直行一段时间后,来到武藏小杉站。

梁平偷偷瞄了一下久保木和伊岛的侧脸。

久保木坐姿慵懒地瘫陷在座位里,半像自言自语半像吐槽地抱怨:"唉,全是汗臭味。"他看看车里的另外两个人,"伊岛!你几天没换衬衣了?有泽!你的白衬衫都变成绿色的了,明明是个帅哥,怎么搞得邋里邋遢的?"

梁平低头看看自己身上,正如久保木所说,衬衫上到处是被青草染绿的污渍。

"有泽啊,伊岛正在追查久坂聪志,你知道吗?"

听到大队长的提问,梁平抬起头来,小声回答:"嗯。"

久保木的视线向前,说道:"负责抓捕纵火犯的弟兄们也在追捕久坂聪志,估计之后会和伊岛的案子'撞车',已经有人来找我抱怨了。"

梁平看了伊岛一眼。伊岛默默地开车,一言不发。

"解剖结果已经出来,你听说了吗?"久保木问。

梁平把脸转向久保木:"没有。"

"死者在起火前已经断气,是气管受压迫后窒息而死的,但因为烧得面目全非,所以很难判断是谁、用什么方式、以何种形式造成的。"

"死者是……"梁平勉强问出这几个字。

久保木依旧保持同样的坐姿,看都不看梁平一眼:"负责纵火案的弟兄们查到了久坂家常去的牙医,在那里有和死者一致的X光片,确认是……久坂志穗。"

梁平闭上眼睛。眼前浮现出曾在双海儿童医院见过的志穗的身影——发色栗红,没有一根白发;肌肤紧致,没有一丝皱纹;虽然总是皱着眉,满脸忧郁,但那双黑色的眼睛,谁见了都会莫名心动。

"你见过她吧?"久保木直接发问。

梁平听出久保木话中有话,睁开眼,镇定地回答:"是,和伊岛主任一起见过。"

"上小学的时候也见过吧?"

梁平摇摇头:"没有。虽然有一段时间和她女儿是同学……但上次和伊岛主任一起去她家的时候是第一次见到她。"梁平语调平缓,淡定自若,毕竟对他而言,最近一次见到的那个志穗和记忆中的志穗简直判若两人。

"你以前见过久坂聪志吗?"

"我知道久坂优希有个弟弟,但第一次见到他是在七月七日的晚上,在多摩樱医院前。不过当时根本没和他说话……"

"你不同意伊岛的意见,是吗?"久保木追问,语气没变,"伊岛觉得我们的案子和久坂聪志有关。"

"但没有任何切实的证据。"梁平从斜后方看了一眼驾驶座,伊岛依旧不动声色。

久保木提出自己的想法:"我也觉得伊岛的观点有些牵强。无论孩子再怎么讨厌自己的母亲,如果没有实际的利害冲突就说他有杀人动机,显然不是很站得住脚。可伊岛说久坂聪志和他母亲之间有某种病态的羁绊,这可能让他在精神上不堪重负。伊岛分析久坂聪志可能有精神病,叫什么病来着?"

"人格障碍。"伊岛说话时没回头。

梁平不以为然:"人格障碍?医生确诊过吗?凭什么说他是人格障碍?"

"从他责怪父母时的表情和语气来看,我觉得是。"

梁平刚想反驳,久保木摆手制止:"你还记得今年六月多摩川里漂上来的那名被掐死的中年女性吗?川崎警署还在查。伊岛认为那起案子可能也和久坂聪志有关。事实上,案发当天,久坂聪志并没有不在场证明。"

"我觉得伊岛主任是先臆断答案,再进行倒推,并没有任何证据支持。"梁平表示反对。

"刑警的直觉,懂不懂?"伊岛气不打一处来地咂了一下舌,"而且我的直觉已经得到了应验——虽然是以悲剧的方式。如果我们早点儿对聪志动手,也许就能避免他杀害母亲;正因为我们没有及时制止,他的犯罪才会不断升级。"

"您这都是不负责任的推论,甚至可以说是欲加之罪。"

梁平朝前探着身子争辩道。

伊岛一个急刹车，梁平被甩回座位。

一辆双人座的轻型摩托闯红灯，从他们的车前横穿而过。摩托车上坐着两名没戴头盔的金发少年，坐在后座的那个还朝梁平他们竖中指。

今天开的是私家车，没装无线电设备，所以伊岛不打算去追。

车内陷入沉默。

"真出事故就该哭了。"久保木怒其不争地说了一句，继续深陷在座位里，朝梁平歪着头说，"追捕纵火犯的弟兄们认为久坂聪志是杀死母亲后纵火的。今后的调查过程中，肯定会和伊岛'撞车'。都是自己人，我们打算立个'君子协定'，对方也正有此意。现在就去中原警署和他们的人商量一下，这件事必须保守秘密，不得外泄，暂时先瞒着科长。明白了？"

梁平点点头，伊岛没出声。

"没有我的命令，你俩都别开口。到那儿以后，我不叫你们发表意见，你们就当哑巴。"

大约三十分钟后，三个人来到中原警署。

进入警署后，他们向接待处穿制服的警察简短地说明来意，走楼梯来到地下室。走在最前面的久保木敲了敲贴有"驾照更新手续讲习室"的房门，听到有人应答后，推门而入。

在这间布置得好像教室的房间里，与梁平在神奈川县警总

第九章 一九九七年盛夏　105

部见过好多次、负责纵火案搜查工作的本多大队长和冲津主任已经等候多时。两个人都已解开领带，衬衣袖子挽到胳膊肘以上，懒懒地坐在椅子上。

"只有这间屋子空着。"本多大队长是体重一百多公斤的壮汉，剃着寸头的脑袋上全是汗，"既没窗户也没空调，你们随意，领带什么的都解开吧。早说完早散。"

"好。"久保木应了一声，和伊岛、梁平抽出折叠椅坐下来，隔着桌子与本多面对面。

本多要伊岛先介绍一下他的思路。久保木没让伊岛开口，而是自己代为说明。

对于将多摩川绿地杀人事件与久坂聪志联系起来的分析，本多一方表现出一定的兴趣，同时执拗地追问是否已经掌握相关证据。

久保木解释说，暂时只是一名刑警的直觉。

因为双方的表述都比较暧昧，没能确定到底哪一边才拥有逮捕久坂聪志的权利。

"总之，我是不会放手的。"伊岛忍不住插了一句。

本多听了，意味深长地笑了笑，问久保木："单凭伊岛的直觉，你们能拿到逮捕令？"

久保木没吭声，瞪了伊岛一眼。

双方谈了将近一个小时，终于立下"君子协定"——抓捕久坂聪志的任务以本多一方为主，伊岛这边为辅；伊岛获取的情报必须告知本多，即使有望逮捕久坂聪志，也必须第一时间通知本多，由本多一方实施抓捕；同时，本多也应向伊岛提供对方想要的情报，如果本多的人抓到了久坂聪志，应给予伊岛进行审问的机会。

最后，久保木向本多介绍说，伊岛今后的搭档不再是梁平，而是幸区警署的一名年轻人。

"对幸区警署的那个小伙子来说，负担挺重的。"久保木补充道。

本多等人点点头、表示无所谓。

回幸区警署的路上，车里的气氛比来时更加沉闷，因为几乎所有的抓捕权都让给了本多他们，伊岛显得很不高兴，脸色铁青，车也开得很野。梁平几次提出替换他，他都不理。

"有泽，"进入幸区警署辖区时，久保木开口问，"你有没有背叛过谁？"

梁平看着久保木，不懂他是什么意思。

久保木望向车外："我不知道伊岛的直觉最终能应验多少，但这次的纵火案至少证明久坂聪志和他母亲之间确实存在着不寻常的牵绊与纠葛。话虽如此，即使把伊岛的想法汇报给向上头，估计结果还是本多他们拿到优先权。一想到只能去捡别人吃剩下的，确实火大，甚至想赌气撒手；但如果我们的人什么都不管，全都交给本多，万一久坂聪志真的和我们的案子有关，且最后本多他们侦破了我们的案子，到时候别说我们大队了，连整个侦查总部都会被笑话。明白吗？"

"明白。"梁平点点头。

"听说你和久坂聪志的律所老板以及久坂聪志的姐姐早就认识？"

"呃，算是吧……"

梁平本以为久保木会告诉本多他们，但久保木刚才在会上并没有提及。

"我们唯一有可能抢在本多前面获取信息的机会，就是靠那两个人和你的联系。"

"我不知道他们会不会找我……"

"你主动和他们联系一下怎么样？"

梁平感到为难："他姐姐不是失踪了吗？"

久保木没说话。

伊岛终于开口："她一定会和你联系的。"他通过后视镜紧盯着梁平，"最近你小子有点儿不对劲，这次是你挽回名誉的大好机会。"

梁平沉默不语。

一旁的久保木拍拍梁平的肩膀："背叛这个词也许有些言重，但如果你有久坂聪志的消息，无论来自哪里，希望你能尽一名刑警的职责。你应该协助伊岛，弄清久坂聪志和我们的案子是否有关。如果确定和我们没有关系，再通知本多。这不难做到吧？"

"梁平是刑警,绝对嫉恶如仇!"伊岛斩钉截铁地断言。

梁平把脸转向窗外。

梁平彻夜难眠。

天亮后,在幸区警署的训练道场里,警察们的呼噜声变得越发恼人。

梁平到盥洗室洗了把脸,用毛巾擦了个身,脱去全是污渍的衬衫,换上一件干净的。

他不想马上回到满屋子馊臭味的道场,决定在警署后面的巷路上随便逛逛,打发时间,等开早会时再回来。

路上没有其他人。道路两边种着茂密而低矮的细叶灌木。

开放着浅红色花朵的夹竹桃散发淡淡的酸甜味,相比紫薇花,显得有些小家子气,花瓣柔弱,并不显眼。

梁平突然想到了奈绪子。

他知道自己很过分,也觉得自己很任性,但又别无他法,只希望奈绪子能快点儿忘记自己。

梁平把仓鼠扔掉的那一晚,奈绪子后来怎样了?笙一郎对此什么都没说。

优希家着火的那天下午,梁平在多摩樱医院前接到过笙一郎的电话。笙一郎告诉他优希家被烧,优希失踪了,但这些都是梁平已经知道的情况。不过,那通电话让他得知失火那天早晨优希给笙一郎打过电话,这让他内心五味杂陈,觉得优希已经选择了笙一郎。

另外,笙一郎还让梁平尽快联系奈绪子。梁平可以猜到一定出了大事,但笙一郎没有细说,而是让梁平直接去问奈绪子。但梁平至今还没和奈绪子联系。

梁平抬起手腕看了看表,已经是早上七点半。会议八点开始。梁平感到有些不可思议,感觉时间过得好快。正要急忙赶回警署时,裤兜里的手机响了。

"方便说话吗?"是笙一郎的声音。

"怎么了?这么早来电话。"

"我是特地等到现在才打的,希望有多点儿时间安静地休息,哦,我指的不是你……"笙一郎有些吞吞吐吐,找不到合适的措辞,"现在在我住的公寓里。"

梁平不明所以:"谁?"

"优希。"

梁平顿时语塞,没等他开口追问,笙一郎继续说道:"她给我打了电话。"

优希给笙一郎……优希不仅打电话告诉笙一郎家里着了火,之后也联系了笙一郎——这个事实让梁平的内心翻江倒海。

笙一郎接着说:"优希在电话里说的话都很奇怪,好像倒退回了儿童时代。估计是受的打击太大了……我问了她所在公用电话亭的地址后跑了过去。律所已经被警察盯上了,我不知道自己有没有被监视。我接到优希的电话时,刚巧在地方法院的大厅里，周围都是法务人员，所以就算有人监视，我也发现不了。当时我是从后门溜出去的。优希给我打电话的公用电话亭位于高津区和多摩区之间的宇奈根交叉路口，可我赶到那儿的时候她已经不在了。我在附近找了老半天，终于在多摩川绿地的草丛里找到了蜷曲躺倒在地的她。从她家附近的医院里跑出去之后，她沿着多摩川朝北一直走了很远。见她没受什么外伤，我把她带回了自己的公寓，安顿在床上。公寓好像还没被监视……当然，我自己是在律所睡的……"

听了笙一郎最后多此一举的补充说明，梁平反而更加生气，但并没有挑明，只问了一句："你知道聪志在哪儿吗？"

"聪志？不知道，我不知道聪志的事。"

"优希没说吗？"

"哪有那工夫？优希不停地叫我鼹鼠，唤你长颈鹿，还很担心地说'长颈鹿会生气的'。本来应该早点儿通知你的，但考虑到她的身体状况，还是等了一个晚上。对不住了。"

"没事……"梁平的嗓子好像被什么堵住了似的，干咳了两下，"她现在在干吗？"

"应该还在睡。我现在准备回公寓，提前给你打个电话。你要是方便的话，也去看看她吧。"

"是吗？"

"你知道我家在哪儿吧？以前给过你名片，背面有地址。"

"嗯，知道。"

第九章 一九九七年盛夏

"上午能去吗？我打算随后带她去医院检查一下。"

"我一定找时间过去。"

笙一郎停顿了一下："还有……你跟奈绪子联系了吗？"

"没有。你能不能别管这事儿了？"梁平尽量克制住火气。

笙一郎又停顿了一下："孩子的事……你知道了吗？"

"孩子……"

"也许前天给你打电话时应该说清楚的……你走后，她突然按着肚子倒在地上，后来是我叫了救护车。"

梁平下意识地看了一眼夹竹桃。

"她还好……可是孩子……没了。"

微风起，红花落，花瓣一片一片飘散在地。

"当然，这是你和奈绪子之间的问题，我本不该多嘴……不过你还是跟她好好谈谈吧，她真的很受伤。"

梁平觉得胸闷难忍，深深地吸了一口气，吐出气的同时大声吼道："你管得真宽！"

"什么意思？"笙一郎不懂梁平为何发火。

越觉得笙一郎善良无邪，梁平越来气："你什么都知道！谁都愿意求助于你！"

"喂！"

梁平也意识到自己说话太孩子气，却更加难受，干脆直接挂断电话。

回到幸区警署，梁平正要上三楼会议室参加早会，却提前在走廊里遇到了伊岛。

"干吗呢？马上开会了。"

梁平把没给自己好脸色看的伊岛拉到无人的消防楼梯口。

"找到久坂优希了。"梁平克制情绪，小声报告伊岛。

伊岛顿时神情紧张："哪里来的消息？"

"律师说的。"

"久坂聪志呢？"

"还不知道。"

"本多他们还不知道吧？"

"他应该只联系了我。"

伊岛重新打量了一下梁平："你确定这么做……好吗？"

"有什么好不好的？"梁平面无表情。

"行！你在这儿等着！"

伊岛走进会议室去找大队长商量。不一会儿，伊岛回来对着梁平点了点头。

二人走出警署，拦下一辆出租车。梁平毫不犹豫地报出笙一郎公寓的地址。

6

优希醒来的时候，发现自己躺在床上。起初她还以为自己回了医院，朝四周一看才发现并不是。

这是一间十三平方米左右的西式卧室，地上铺着蓝色地毯，屋子里有一只从未见过的衣柜，还有一张大理石台面的桌子，窗户上挂着水蓝色的百叶窗。

床上铺着蓝色床单，自己盖着蓝色毛毯。身上穿的已经不是那身运动服，而是从没见过的男式睡衣。她首先确认的是自己的内衣还是原来的。

她下床走到窗前拉起百叶窗。从外面的光线判断，现在应该是早晨。

打开窗户，眼前皆为公寓或民宅。

她只记得自己从医院出来后遇到一条河，但之后的事都不记得了……感觉一直在做梦。

"有人吗？"她边问边从卧室走出来。

走廊对面是卫生间，边上是洗漱室和浴室，顺着走廊左转是玄关，向右是和厨房连在一起的饭厅。饭厅对面是一间十平方米左右的西式房间，里面只有一张写字台、一把普通坐椅和一张皮椅。厨房里摆着冰箱和简单的碗橱。其他诸如电视机、音响、装饰架或绘画、观叶植物等全都没有，总之，没有任何装饰性的摆设。

这种故意去除烟火气的家装风格令优希轻而易举地猜到了屋子的主人是谁。

用作书房的屋子里尽是烟味；厨房的煤气灶边上全部焦黑，优希知道那是他母亲干烧水壶引起小火灾时留下的；厕所里的架子上放着护理重病患者使用的一次性成人尿布。

不过,优希无法理解自己为什么会在他的家里。她突然想起自己穿的那身运动服,赶紧回到刚才的卧室一看,发现床边有个大塑料袋,打开袋子,里面装着那身脏兮兮的运动服。她掏出其中的上衣摸了摸口袋,还好,里面的东西没被动过。

"叮铃铃——"客厅里的电话铃响了。优希担心擅自听会给主人带去麻烦,所以故意不理。

优希忍不住胡思乱想,不知道以后要怎么办。一想到母亲和聪志,她甚至无法站立,只得虚弱地瘫坐在走廊上,却依旧胸口发闷,喘不过气来。她努力切断感情的开关。

"叮咚——"安装在客厅的门禁系统对讲器发出响声,优希如获救命稻草,顾不得考虑来者是谁,一把摘下通话器。

"早!你醒了?"是笙一郎的声音。

优希松了口气:"早上好……"

"怎么了?听声音,你好像不舒服……"

优希勉强保持镇定:"嗯,没什么,没事了。"

"可以进去吗?我给你带来一套衣服。"

"哦……等一下。"

"我有钥匙,把衣服放下就走,是我们律所的女孩帮忙买的。只对她大概形容了一下你的样子,尺寸不一定很合适,你先将就一下。"

"谢谢你!"优希挂上通话器,回到卧室整理床铺和自己身上的睡衣时,听见笙一郎开门进来。

"身体好些了吗?"笙一郎关心地问。

"好多了。"优希一边回答一边走出卧室。她很想念笙一郎,见到他就感到安心。

笙一郎俯身将装有新衣服的纸袋放在客厅的地上——里面是一套做工精良的浅蓝色夏款套装——听见优希走近的脚步声,抬起头来。

看到笙一郎那熟悉的面孔,优希一下子放下心来,轻轻舒了一口气:"谢谢你救了我。"

笙一郎有些害羞:"别这么说。只不过是接听了你的电话,然后去接你而已。"

"我给你打电话了?"

"这些事以后再说吧,你看起来好多了。"笙一郎微微一笑,总算放心了。

优希抓住睡衣的袖口:"这……是你的?"

笙一郎的脸一下子红到耳根,紧张到说话结巴:"你……你那身运动服脏了,全是泥,还湿了……我这里只有这一套睡衣……但是新的……而且给你换上的时候,我尽量没看……"

"没关系,我这种人的身体被看了又能怎样……"优希自惭形秽地看着自己,重复说,"这种东西、这种货色……"

"不许你再这么说!"笙一郎的语气中饱含心疼与珍惜。

优希抬起头,正好撞上笙一郎的视线,发现笙一郎看起来比自己更痛苦。

笙一郎赶紧低下头："你的那身运动服，我不知道该不该处理，所以暂时装在袋子里。"

"没事，谢谢你。"

"你还没冲澡吧？浴室的架子上有毛巾。洗个澡，换上新衣服吧。我先出去，过会儿再回来。"

"谢谢你。"优希再次道谢，把纸袋拿起，抱在胸前，"你……能不能待在家里？"

笙一郎疑惑不解："为什么？"

"我怕一个人会胡思乱想，难过得不能控制……"

"如果你觉得我留下比较好……"

"拜托你留下。"优希说着，面朝笙一郎，倒退回走廊，推开与浴室相连的洗漱室的门走进去，听见笙一郎走进厅里，才把门锁上。

看到藤条架子上放着毛巾和浴巾，优希再次感受笙一郎的细心与体贴。她把纸袋里的衣服拿出来，放进塑料筐。

笙一郎拿来的纸袋里有一条长裙、一件短袖罩衫和一双长筒袜，还有一个小袋子装着内衣。

优希抖开长裙看了看，质地轻盈，蓝色打底，印着或红或黄的兰花。短袖罩衫是鲜艳的橘黄色，领口开得很大。

"你们律所的女孩多大年纪？"优希隔着洗漱室的门问笙一郎。

"好像二十二岁。"笙一郎在客厅里回答。

"是个很可爱的姑娘吧?"

"她总穿很花哨的衣服。我特意嘱咐她尽可能买素一点儿的……你觉得怎么样?"

"嗯……"优希既像是在回答笙一郎,又像是在耳语给自己听。

优希提起长裙在身上比了比。除了护士服,她已经十年没穿裙子了。

上中学的时候,学校要求必须穿裙装校服,但优希不在乎自己穿得与众不同,入校后一直都是牛仔裤或棉布裤。哪怕班主任发火,她也坚决不换裙装。后来惊动了教导主任和政教主任,把她单独叫去办公室,狠狠地批评了一顿。

当时,优希表示自己决不穿裙子,还反问教导主任:"为什么女生一定要穿裙子?"她提出,学校不同于医院,并非被隔离的相对封闭的空间,穿着校服的她要上街,还要挤电车,而且正因为是女生,所以更有可能遇到危险……总之,她无法理解为什么强迫女生穿裙子。

教导主任说,这是校规。优希则提出质疑:制定规则的目的,本该是让人们更幸福。如果为了规则而牺牲人,为了遵守规则而让身体有可能遭受伤害,岂不是本末倒置?

教导主任是一位四十多岁的女性,她没有正面回答,只是微笑着说,一般女生都喜欢裙子,也喜欢穿着裙子被人看。

优希觉得受到奇耻大辱。她咬牙忍住眼泪，向教导主任严重抗议，控诉他们只关注大多数人，完全不考虑可能存在受害者或有人会害怕受到伤害。她还建议，如果校方禁止学生穿自己的衣服，就应该在校服的选项中加入裤装。教导主任不屑地笑着说，那要花很多钱。

优希茫然地看着教导主任等人的笑脸，满腔愤恨——这些人居然觉得钱比人的尊严和安全更重要！教导主任还挖苦说，如果想自由穿衣，可以去私立学校。她明知单亲家庭的优希只能就读公立学校。

最后，优希不得已换上了裙装，因为教导主任威胁说要把志穗叫来学校。优希不愿看到志穗为难、痛苦，只能选择自己忍耐。不过她故意把裙子加长，里面还一直穿着中裤。

高中时代，优希特地选了一所允许穿私服的公立高中，整整三年，一直穿牛仔裤或棉布裤。

一想到上一次穿自己的裙子还是在小学时代，优希有点儿担心驾驭不了今天这身靓装，不由得露出一丝苦笑。

她打开装着内衣的小袋子。穿不认识的人买来的内衣，她总觉得有点儿别扭；而且新买的内衣，她一般都要洗过再穿。但现在不能奢求太多。

看到袋子里是一条普通的白色内裤，优希松了一口气。文胸也是白色的，而且考虑到尺寸问题，买的人特意选择了有弹性的运动背心款，还很周到地另配了胸垫。

笙一郎此刻就在客厅里，所以优希脱去睡衣和内衣的时候难免心中小鹿乱跳，但丝毫没有害怕的感觉。

她拿着毛巾走进浴室，开始冲淋。先洗了把脸，又用男士洗发水洗了头。优希判断这个家里没别的女人来过——浴室里只有单人份的男士用品。

优希用毛巾将湿发包起，再调高水温冲洗身体。

热水冲下，身体好似融入其中，全身的疲劳感顿时烟消云散。她刻意不去想母亲和聪志，尽量让自己沉浸在淋浴的愉悦中，然而眼泪还是不受控制地涌出来。

优希对自己说，笙一郎在这里，就在身边。这才收住泪水。

冲洗前胸时，优希感到极度羞耻。她蔑视自己的裸体，觉得丑陋无比。当手指摸到自己的胸或触碰到膝盖及大腿时，一种近似恐惧的感觉强烈袭来。她很想赶快找个地方躲起来。

她随手抹掉身上的水滴，再把浴室简单冲洗了一下，然后打开浴室的门准备走出去。

不料一开门，看见笙一郎正站在门外。

优希一下子屏住呼吸，甚至忘记遮掩自己的身体，呆呆地看着笙一郎。

笙一郎也一脸认真地看着优希。

优希既不感到恐惧，也没有丝毫的罪恶感，只是默默地等待着，怀着求而不得却始终渴望的被"认可"的期待。

可优希并不知道对方该怎样表现才算"认可"。

笙一郎的眼神飘忽，开始摇摆，此刻的他思绪混乱。内心挣扎了片刻后，他选择垂下视线，呻吟般地小声说了句"对不起"，然后关门离开。

等一等！

优希在心中呐喊。

却只听到门外笙一郎渐渐远去的脚步声。

她一下子泄了气，无力地蹲下，蜷缩着一动不动。

过了好一会儿，她才恢复知觉，先是听到一种奇妙的声响——从湿漉漉的身子流下的水滴落在地砖上，再看双脚间，已经积了一小摊水。她缓缓地把手伸向浴巾。

"叮咚——"门铃响了。

优希赶紧用浴巾把身体裹起来。门铃又响了一下，优希听到笙一郎的应答声。

她先穿上内裤，又擦了擦上身，再穿上那件背心款文胸。

"梁平来了。"笙一郎在浴室门外说，声音听起来已经冷静下来。

"为什么？有泽……"优希喃喃自语。

笙一郎像是猜到优希的想法，赶忙解释："是我跟他联系的，那家伙也在担心你。让他在外面等着吗？"

优希有些犹豫，但她也搞不懂自己到底在犹豫什么，又为什么犹豫。

笙一郎感到为难："如果现在马上让他进来，他可能会想

第九章 一九九七年盛夏　121

歪；但如果让他等太久，他可能会误会……"这话既像是说给优希听，又像在自言自语。

也许梁平会误会自己和笙一郎？一想到自己居然也有同样的担心，优希忍不住生起气来。三个人之间能有什么误会？她气自己，也气笙一郎。为什么要害怕被误会？真是越想越难受。

"还是让那小子进来吧，行吗？"笙一郎似已打定主意。

"好。"优希赶紧穿上裙子，拉上拉链。听见大门打开的声音时，优希的手已经伸进短袖罩衫，但腰部似乎有点儿紧，勉强才扣上了扣子。

"你这是干什么？"

优希听到打开大门的笙一郎厉声喝道。

还有其他人的说话声，但似乎不是梁平的声音。

优希穿上长筒袜，站在镜子前，打算最后再整理一下，却发现头上还包着毛巾，连忙取下，又擦了擦头发。因为头发短，虽然不能完全擦干，但至少不再滴水了。

优希打开浴室的门走出来时，听到玄关处正在发生争吵。

"混蛋！你是什么意思？"笙一郎言辞激烈。

优希走向玄关处，见笙一郎背朝自己，挡在门口，梁平和那名姓伊岛的警察正在朝门里挤。当优希与梁平的视线交会时，看到他眼神中的惊慌。

"嘿，你好！"伊岛对优希挤出笑脸，"看起来气色不错！"

笙一郎回头对优希摇摇头，表示自己根本不知道伊岛也会一道来。

优希朝伊岛鞠了一躬。伊岛的到来，反而让优希安心。有外人在场，她就可以很轻易地隐藏起自己；如果只有梁平、笙一郎和自己，她必定会真情流露。

优希如同给自己套上了一副透明、坚硬的外壳，也朝梁平鞠了一躬："给这么多人添了麻烦，实在对不起。"

三个男人齐齐看向优希，她脸上的表情似体内毒气已被排尽般，神清气爽。

优希在笙一郎家的客厅里接受伊岛的问话。

伊岛起初想带优希回警署问话，优希觉得去也无妨，但笙一郎作为代理律师提出，现阶段她有权拒绝，并要求有话在这里说。伊岛没有逮捕令，虽不情愿，也只能同意。

优希坐在伊岛和梁平的对面，中间隔着一张桌子。笙一郎坐在她身后。

"我真不知道聪志在哪里。"优希回答伊岛的提问。

聪志确实去过多摩樱医院找到自己说他把家烧了，但那之后便不知去向——优希说，她也很想知道聪志去哪儿了。

"你弟弟只告诉你他把家烧了？"伊岛追问。

优希点点头："是的。"

"你弟弟还说，是他把你们的母亲烧死的，对吗？"

"不……我不记得他这么说过。"

"和你一起值夜班的护士听见他说的。"

优希摇摇头:"我当时很慌乱,记不清他到底说过什么。对不起。"

"你的同事还说,看到你弟弟给了你一笔钱。有这回事吗?"

"钱?"

"像是一个装钞票的信封,但她说没看清。"

"没有。"优希态度坚决。

"真的没有?"

"他什么都没给我。"

"请不要说谎。"

"我没说谎。他没给我任何东西。"

"是吗?那么我们再确认一下……你弟弟纵火烧了你们的家,把你们的母亲也一起烧死了……没错吧?"

"等一下!"笙一郎立刻打断,毫不客气地谴责伊岛,"您不觉得这种问法对死者家属来说太残忍、太欠考虑了吗?再说,请问您是火灾案件的负责人吗?"

优希扭头安慰笙一郎:"没关系,是我不好,擅自从医院里跑出来,给大家添麻烦了。"说完又回头看着伊岛,尽量保持心平气和,"我不知道是不是我弟弟纵火。关于我母亲的事,目前还没有得到确认……我真的什么都不知道。"

伊岛不满地皱着眉头:"你知道你弟弟是怎么看待你母亲的吗?当然了,母子之间难免呕气、闹变扭;有时候正因为是母子，才会特别地恨；或是有当事人本人都未必明了的感情。你不觉得你弟弟有自卑情结吗？"

"没有。"优希立刻反驳，语气不容置疑，"我弟弟非常爱母亲，是发自肺腑地爱，没有你说的什么情结。他是一个纯真的孩子，心地善良，甚至可以说过分善良。"

"过分善良？什么意思？"

"没有什么特别的意思。我只想说，他是个好孩子，比我不知道好多少倍。"优希说着，低下头，但依然感觉伊岛在盯着自己。

"能说说你为什么从医院逃走吗？"伊岛继续发问。

优希不知该如何回答，只说当时脑子里很混乱。

"是不是和你弟弟约好了要见面？"

"没有，我比你们更想知道我弟弟在哪儿！"

"你是什么时候来到这儿的？"

"这……"优希对此并无记忆。

笙一郎代为解释——是优希给他打了电话。但因为受到太大的打击，她当时说话很奇怪，他好不容易问出公用电话亭所在的位置，去把她接到家里……但她对此完全不记得。

笙一郎说这些话的时候并非对着伊岛，而是对着梁平。但梁平故意看向别处。进屋后，他既没有正视笙一郎，也没有看优希一眼。

伊岛没有问出想要的信息，脸色变得极其难看，最后提出：

"总之,先去确认一下你母亲的遗体吧。"

听到"母亲的遗体"这几个字,优希立刻感到天旋地转,好不容易才按捺住激动,回了句:"好的。"

优希穿上笙一郎给她准备好的凉鞋走出屋子。

已经等在门外的伊岛打量着优希:"之前只见过你穿护士服的模样,今天这身打扮简直判若两人了!"

比起伊岛,优希更在意梁平和笙一郎的反应。

此刻的梁平和笙一郎分别位于优希的一左一右,互相怒目而视。见他俩这样,优希很难受。她故意大声对伊岛说:"是律所的女孩帮我买的,但一点儿都不适合我这样的老阿姨。"

四个人乘上一辆出租车,梁平坐副驾驶座,伊岛、优希和笙一郎三个人坐后排。

优希以为会去警署,没想到伊岛对司机说,去位于新丸子站的医科大学附属医院。

他向优希解释,日本的监察医制度规定,非正常死亡必须进行尸检,但因为本地没有东京那样设备完善的监察医机构,所以一般只能在大学附属医院或法医学教室里由指定的医生进行解剖。

大约四十分钟后,出租车到达医科大学正门前。笙一郎按住伊岛正要掏钱包的手,主动付了车费。

下车后,两个男人出现在他们面前。他们穿着白衬衣,系着领带,寸头发型,体格壮硕,看起来有些粗犷的风格与伊岛比较接近。优希猜测他们是伊岛在离开笙一郎家之前打了手机叫来的。

伊岛向优希和笙一郎介绍："这两位是纵火案的负责人。"

笙一郎向前跨出一步，挡在优希前面，掏出名片递给二人，用律师的职业口吻发问："我是她的代理律师，可否看一下二位的证件？"

他们爽快地掏出证件，其中一个开口说："请确认吧。"

笙一郎认真地检查完他们的证件，和优希一起跟他们前往尸检处。

伊岛和梁平留在原地，好像办完了交接手续。

优希回头看了梁平一眼，只见他双唇紧闭，自始至终没说过一句话。

穿过铺了漂亮草坪的中庭，优希和笙一郎跟随负责纵火案的警察走进教学楼。时值暑假，校园里几乎不见学生。

优希在心中反复对自己强调：接下去要看的只是尸体，不是志穗。

可当她亲眼看到时，实在无法抑制心头的激动。

并非因为她知道那就是志穗，而是因为即使对于从事医护工作的她而言，那具尸体也实属惨不忍睹。仅凭外观，别说无法判断是不是志穗，甚至看不出是一具女尸。

"怎么样？"警察问优希。

优希如实回答说认不出来。

让优希确认遗体其实只是一种仪式。根据牙科记录，警方已经确认这就是志穗的遗体。

之后,优希被带去中原警署接受调查。

笙一郎要求在场,却不被允许。他举出有关法律条文,据理力争,但优希说她一个人可以应对。到了中原警署,她也只是重复了对伊岛说过的内容。

笙一郎做了她的担保人。

警察当天就把她放了。

因为她无处可去,笙一郎劝她在自己家暂住几天。

没有守夜,也没有葬礼。十七年前,那件事发生以后,志穗不再相信任何宗教。

火化的手续全由笙一郎操办,亲属也都由他去联系。志穗的父母、哥哥都已过世,嫂子正在住院,当初介绍他们买下这栋房子的志穗的姐姐、姐夫也已亡故,能通知的只剩下优希的表兄弟。

本该由优希登门道歉的邻居家,也是由笙一郎代为造访的,以慰问金的名目送了钱款。其他所有开销,也都由笙一郎埋单支付。

确认遗体后的第三天,优希穿上笙一郎为她置办的丧服,和笙一郎一起来到殡仪馆。

也许是因为从媒体报道中得知是聪志放火烧了房子、害死了志穗,所以志穗家的亲戚一个都没来。笙一郎没通知到的内田护士长却来了,说是警察告诉她的。

内田护士长告诉优希,医院已经特批了她的休假待遇。"真的苦了你了。"内田抱住优希的肩膀。

优希差点儿放声大哭,但为了不给别人添麻烦,她低下头,强忍住眼泪。

装有志穗的棺材被运到一个看上去好像小礼拜堂的地方,里面有并排的五座火化炉。其中一座的小铁门打开后,棺材被送入炉中。

殡仪馆的工作人员提醒优希做最后的道别。优希双手合十,却并不觉得即将化为骨灰的是自己的母亲。从警方要求她确认遗体那一刻起,她就一直在竭力告诉自己:那不是志穗。

优希一行来到休息室,等待骨灰出炉。内田接到医院的紧急联系后说了声"对不起",先行离开。笙一郎也因为工作上来了电话,暂时走开。

优希一个人坐在休息室的沙发上,呆呆地望着窗外。

从窗口可以看到修剪精致的中庭,一人高的木槿[1]开着或白或紫的花朵,木槿根部还长着形似小菊花的黄色旋复花[2]。

稍远处种着紫薇,深粉色的花朵盛开在阳光下。

然而,草坪上、树后,到处是便衣警察模样的人。警方认为聪志也许会出现在殡仪馆,派了至少七八个人来监视,其中包括梁平和伊岛。

两小时后,殡仪馆的工作人员把优希和笙一郎领到一间叫

---

[1] 落叶灌木,高可至3米—4米,又称木棉。
[2] 多年生草木,又称金佛草、六月菊。

做收骨室的白色小房间内。

遗骨的颜色灰里透白,完全看不出被烧过的痕迹。

优希忽然想起父亲雄作的后事。那时候,志穗和聪志肯定在场,亲戚朋友应该也来了不少,可优希居然完全没有记忆,甚至想不起来自己是否见过雄作的骨灰。

今天,来送志穗最后一程的只有优希和笙一郎。

"就你们俩?"工作人员面无表情地确认。

优希点点头。

当工作人员开始说明收纳骨灰的流程时,优希打断道:"请等一下。"

优希来到中庭找了好一会儿,然后跑到站在紫薇树下的梁平的跟前。

梁平没穿黑西装,但系着黑色领带。

优希问站在梁平边上的伊岛:"他……可以吗?"

伊岛不明所以:"可以什么?"

"收纳骨灰。我希望他也去,"优希说完,转向梁平,"你愿意吗?只有两个人,太凄凉了……拜托你。"

梁平用眼神征求伊岛的意见,伊岛点头答应。

优希和梁平并肩走回收骨室。

隔着骨灰台,笙一郎站在梁平的对面,怒目相向:"你还有脸来!"

梁平小声反击:"轮不到你教训!"

优希心里难过，情绪有些激动："别吵了！"

二人立刻闭嘴。优希调整了一下自己的呼吸："这里……是吵架的地方吗？"

在殡仪馆工作人员的指示下，三个人开始用筷子往陶制骨灰壶里收纳骨灰。遗骨落进骨灰壶时，发出轻轻的"当啷"声。

优希被这声音震撼，罩住自己的外壳被稍稍击破。

"对不起……"优希脱口而出。她盯着尚看得出人形的遗骨，"一定是哪里搞错了……"话音未落，刚夹起来的一块遗骨掉落在桌上。

火葬场的工作人员催促他们快点儿完事，但笙一郎请求道："您能稍微离开一会儿吗？"

优希想把自己的外壳重新补好、套上，但双手不停地发抖，连用来夹遗骨的筷子都掉到了地上。

慌乱间，优希双手掩面："你们快说些什么……无关紧要的事也行……笑话也好……什么都可以。"

她害怕自己快要说出他俩都还不知道的秘密，同时又希望自己能说出来，因为说出来之后，那将是三个人共有的秘密，自己可以卸下重负。

"她是一位好母亲。"梁平首先开口，"一直都很亲切。我们去你家玩的时候，她总是乐呵呵地笑，还请我们吃美味的蛋糕，喝香醇的红茶。"

优希慢慢抬起头。

志穗从没给他们吃过蛋糕，更没给他们喝过红茶。梁平说的都是不可能的幻想。

梁平继续娓娓道来："她还问我考试得了几分，我说只得了十分。她笑着说没关系，这世界上有很多种活法，用不着为排名或分数发愁。她真是一个好人……对吧？"

笙一郎顺着同样的思路，接着说下去："是的，她是一位好母亲。"语气也很平静，"我把红茶洒在地毯上的时候，她从不骂我，只是笑着说没事；我打破那个很贵的杯子时，她也安慰我说不要觉得自己做了坏事，还说失败不是罪，重要的是经历失败后有所长进……"

优希懂得他们。他们说的并非讽刺，更非说笑。

这曾是八号楼的孩子常用的老办法。

现实中，他们只认识去双海儿童医院探望优希的志穗，但如果要回忆那个志穗，就不得不牵扯出太多痛苦的过往。

所以，他们用自己的方式虚构出一位"理想的家人"，帮助优希暂时逃离现实的悲痛。

优希至今仍无法接受与志穗的死有关的一切，不得不直面包括聪志的事在内的所有现实，令她备受痛苦与折磨。

但此刻，她得以想象他们口中的志穗。

优希拼命搜寻记忆里的好妈妈志穗，勾画着理想的母亲的形象，情不自禁地潸然泪下。

第十章

一九七九年初秋

1

优希在外科病床上观看了盂兰盆节的焰火。

说是过节,其实只是在医院的操场上搭个小舞台,和当地居民一起跳跳盂兰盆舞而已。焰火也不过是小打小闹的"砰砰砰"二十发左右,眨眼间消散。

优希躺在病床上,意兴阑珊地瞥了几眼窗外升腾而起的橘黄色焰火。

外科病房的孩子,除了几个刚做完手术不宜动的,全都跑去操场看热闹了。

就优希术后的恢复情况而言,本可以一起去,但她坚决不肯,无论护士怎么劝都没用。

优希从八号楼后面的净水塔跳下时,下意识地用右手撑了一下地,导致右边锁骨和右手小指骨折,右腕韧带拉伤,颈部、额头和肘部都有擦伤,肩部、腰部也有撞伤。万幸的是,地面杂草丛生,着地时得以缓冲,才没落下残疾。

优希不肯告诉医生或护士自己去净水塔上干什么,又怎么会摔下来,因为她根本不记得自己做过什么。

动完手术的第二天,优希看到雄作和志穗站在病床前。

志穗茫然无语地看着优希。

雄作则一脸怒气,不停地抱怨:"到底出了什么事?谁欺负你了?谁说你什么了?快告诉爸爸!"一会儿又带着哭腔:"难道你不想活了？你没做什么坏事啊，优希……你得振作起来！求你了，优希！一定要振作起来啊……"但他似乎很害怕听到优希的回答，以喋喋不休的方式阻止优希开口。

对优希而言，无论是志穗的表情还是雄作的言语，都没能影响到她的内心。此刻，她的大脑中除了白色浓雾，别无他物，一切声音与景象都被浓雾吞没。

优希被送进外科病房后不久，长颈鹿和鼹鼠曾来看过她。起初，优希连他们的名字都没想起来。

二人向优希讲述了她从净水塔跳下来的事，告诉她是他们去叫了医生，还自豪地说没向任何人提过她是自己跳下来的。

优希对他俩的出手相助没有道一句谢，她觉得一切都已无所谓。

伤势有所好转后，优希接受了精神科水尾主任的诊疗。

"你是不是想自杀？"水尾直接发问。

优希精神恍惚地看着水尾，一言不发。

其实她那天爬上净水塔时并没有明确的意图，只是不能支配自己身体的生活让她感到难以为继。长颈鹿和鼹鼠说她是自己跳下去的，如果真是如此，她觉得自己当时是想飞上天空求得解脱，甚至希望飞向神山。

因为优希始终闭口不语，水尾匆匆结束诊疗。

外科病房并不存在背地里欺负人的现象，因外伤住院的孩子都知道自己很快能出院，所以不屑于此道。一言不发、面无表情的优希在整栋外科病房楼里显得格格不入，她是从动物园来的怪人，谁都不愿与她产生交集。

雄作和志穗每周来看望她一次。

志穗总是噙着眼泪坐在病床边，不停地唉声叹气，让优希感到更加烦闷。

雄作每次都会带来布娃娃、动物图集等礼物，说："你要记住，爸爸妈妈真心爱你，你是我们的无价之宝。你一定要好好地爱自己。"雄作反复使用"爱"这个词。

优希对此充耳不闻。

盂兰盆节过后，蝉的聒噪曾一度强势，但几天后便日益衰弱。白天，在病房里已经可以听到蟋蟀、钟蟋之类的虫鸣。听护士们说，海水中的水母开始增多。

优希的父母与院方商量后，决定在养护学校分校开学的前一天让优希从外科转回精神科。

身体方面，因为石膏已拆，右腕和脖子都能活动自如，还剩下一些淤青。

但因为内心仍被迷雾笼罩，所以优希对水尾的问诊依旧毫无反应。

离开外科病房楼前，优希把父亲雄作带来的布娃娃、动物图集等全部扔掉。

八号楼的病房里还是原来的模样。蜉蝣和蜥蛇也都还在。

蜉蝣依旧在写她的遗书，见优希回来，连声招呼也不打，念咒语般地嘟嘟哝哝："世上的人啊，有时候会忘记'做父母的未必是大人'这么简单的道理，毕竟没长大的孩子也可以做父母。把孩子的一切交给所谓的父母，有时候相当于把孩子硬塞给了孩子。为什么没有人意识到育儿并非竞争？不创造支援的条件，而只是一味地责备那些不成熟的父母，等于在间接地打压他们的孩子。"

蝰蛇瞥了优希一眼，继续默默地做腹肌练习。

貘已经出院，床位空出，没留下一个布娃娃。

除了貘，还有其他几个孩子也出院了。与此同时，也有几名新患儿住了进来。

主治医生换了人，土桥走了。

新来的名叫小野，才二十多岁，小个子，大肚腩，看起来有些呆头呆脑。不知是因为他对病房楼的氛围还没熟悉还是因为刚参加工作，热情特别高涨。第一次见面时，他不停地握拳为优希加油打气："好好治疗！要坚强！不能输给内心的软弱！"

医护人员并没有将优希再次介绍给大家，她也觉得自己从未离开过八号楼。

在外科病房的时候，看似平静和谐，但整栋病房楼满溢出的"健全"气息反而让优希感到恶心。

有时候听外科病房的护士鼓励她"要快点儿痊愈！早好早回家！"，也感到是一种受罪。

相比之下，在八号楼的生活既不平静，也不和谐。有深更半夜惊声尖叫的，有莫名其妙乱喊乱吼的，有多动不停东跑西窜的，有把自己反锁在厕所里的，还有突然使用暴力的。

不过，一旦在这里住惯了，就会明白，尖叫呼喊也好，乱跑胡闹也罢，都并非无缘无故——位置被占了、言行被忽视、自身的存在受到威胁……

而所谓的暴力，大多也只是以身体撞墙、用破裂的勺子割腕等自残行为，很少会伤害别人。优希觉得，反而是在她以前就读的普通学校里，攻击他人的行为更像家常便饭。

当然，这里的大部分孩子都属于过度自我中心，被定性为自爱型儿童。但只要自己的存在被认可了，他们就会接受对方，而且宽容到无论对方做什么都不介意的程度。

病房里的老医生、老护士都深谙此道，不会像新来的医生或护士那样说些没用的"加油、鼓励"。

优希觉得还是八号楼住得舒服。回到这里的第二天，优希便重新回教室上课。

课间休息或上下学的路上，一直在担心她的长颈鹿和鼹鼠找过她好几次："没事了吗？还疼吗？"

可优希连头都没点一下。

现在的她，身心分离——内心的迷雾将一切所听、所见全部吞噬，令她可以无悲无喜；身体只需不带任何自己的意志，按照护士的指令吃饭、洗澡、睡觉即可。

食堂里的黑板上每天早上都会用大字写上当天的日期，但对无知觉无感觉的优希而言，连时间的概念都日益模糊，觉得才见到过"九月一日"，转眼间变成了"九月四日"；以为第二天会是"九月五日"，抬头看去却已到了"九月七日"。

八日是周六，很多患儿回家过周末。没获得临时出院批准的优希一个人百无聊赖地躺在床上。

午饭后不久，护士叫她："有人来看你。"

见优希一动不动，护士再次大声提醒："没听见有？有人来看你。快起来！"

在护士的催促下，优希磨磨蹭蹭地坐起身。

食堂里已有另外两家人正在见面。

优希起初并没有找到来看自己的人。突然，靠最里面窗户的桌子旁有个人站了起来。

是志穗，不见雄作。志穗之前每次来都是一身名牌，但今天只穿了白色上衣和焦糖色裙子，鞋子也是平价货，一副去菜场买菜顺路过来看看的模样。

而且今天的志穗几乎没化妆。

优希上下打量了好久，才确认来的确实是志穗。

见优希朝自己走来，志穗微笑着迎上去："身上的伤怎么样了？还疼吗？脸色看起来还不错。"

优希缄口不语。

"别站着了，先坐吧。"志穗说着，从旁边拉来一把椅子。

优希机械地遵照指示坐下。

第十章 一九七九年初秋

志穗坐下后看着窗外："这天气估计不得了。雨还没落下，风已经很大……来的时候，渡轮摇晃得可厉害了，说是台风正在接近，看样子情况会很严重。"为了化解尴尬的气氛，志穗故意东拉西扯。

刚过中午，天色就已昏暗。食堂因为开着空调，所以窗户紧闭，但即便如此也能听到屋外的树叶哗哗作响。

"今天我是一个人来的。"志穗转过脸，正对着优希。

优希闻到的并非香水味，而是淡淡的、志穗特有的体味。

"你爸爸出差去大阪了。本来我今天也来不了，可实在有话想对你说……所以把聪志送去外婆家之后一个人过来了。因为出门太着急，连衣服都没换……"志穗用手摸了摸领口，又无措地放下，抚弄起放在膝上的小包，"我是坐出租车从港口过来的。看这天气，估计晚班渡轮不一定能开，所以不能久留……"志穗说话时，脸上挤出勉强的笑容，而且一直低着头，故意避开优希的眼睛。

恍惚发呆的优希奇怪母亲为什么会一个人过来。向来注重形象、出行节俭的母亲，今天为何会忘了打扮，还不惜花钱打车特地过来？

志穗的表情变得紧张起来。也许是因为口干，她用舌头舔了一下嘴唇："今天我下了很大的决心。再这样下去，都会完蛋，所以……我想把一切弄清楚。"

志穗抬起头看着优希，优希也望着志穗。

志穗继续说道:"妈妈想听优希说真话……希望你把一切都说出来……告诉妈妈,好吗?妈妈一定会用心听……"

优希感到内心的迷雾渐渐散开,很快即将放晴,但又觉得这种感觉很可怕,连忙扭头不看志穗。

"看这里,好好看着妈妈!"志穗拉住优希的手。

优希无奈,只好把脸转回来,正对着志穗。

志穗担心食堂里的其他人听了会误会,探身凑近优希:"你老实告诉妈妈,你真的想自杀?"

优希屏住呼吸。

志穗再靠近一些,紧盯着优希的眼睛:"为什么想自杀?"

优希张开嘴,却什么都说不出来。

志穗瞳孔颤抖,继续逼问:"你受伤前一天,是你爸爸送你回医院的。那天聪志发烧,我没能送你。那天……到底出了什么事?"志穗的呼吸变得急促,呼出的气体喷上优希的脸,"那天……你爸爸回到家已是凌晨三点多,他说好不容易赶上了十一点四十五分的末班船。可为什么会那么晚?……如果从你们出发的时间算起,坐十点的渡轮绰绰有余。当时我因为担心聪志的重感冒,所以没多想。但后来突然听说你受伤了……而且是从那么高的净水塔跳下来,差点儿没命……我这才突然想起那天的事。"

不知何时,志穗的眼泪已经在眼眶里打转,她握着优希的手微微发抖:"告诉妈妈,跟妈妈说实话,求你了!"

优希全身燥热,真想大声叫喊,却避开志穗的视线,从喉咙深处挤出几个字:"我跟你说过的。"声音细小,又沙哑,瞬间被外面的风声吞没。

"说过什么?"志穗依然不愿意相信。

优希忍无可忍,胸中怒火爆发:"以前跟你说过的!早就跟你说过的!"连她自己都没想到声音会这么大,食堂里的另外两家人都诧异地转过头。

"你太大声了!"志穗数落了一句,看了看周围,"本来我想和你在外面谈,但问过护士,说医院有规定,不让出去。"

优希直视着母亲,志穗的眼神却在躲闪——原来如此,果然是不能被别人听到的事,自己做的是如此糟糕的事……

"优希,以前是以前……你这阵子不是在这里接受了治疗吗?现在妈妈想听你好好地说真话。妈妈今天就是为了这个目的,才费这么大的劲儿来看你!"志穗焦躁不安,眼神飘忽,不敢正视优希。

一瞬间,优希全都明白了。

母亲那游离的视线、慌乱的呼吸、颤抖的双手都在告诉优希:她心里想的和嘴上说的完全是两回事。

妈妈……您根本不想听我说真话!您坐立不安,跑来这里来根本不是为了我!您是因为受不了内心的煎熬,是自己忍不住了才来的!

妈妈……您只想让您自己安心!您想听的,不是会让您震惊无措、让我们家四分五裂的真话。只要我一个人咬牙忍住,全家就能幸福！您希望听到的是我的谎言！

"优希，如果你以前说的都是真话，那就请你再清清楚楚地说出来……"志穗的语气越发紧张、惶恐。

优希站起身径直走向门外。

"优希！等等！你还什么都没说……"

优希抛下志穗，自顾自地走出食堂，在走廊里撞上一名护士。护士先是吃了一惊，接着却不知为何露出了微笑，那笑容仿佛在揣测优希的内心，让她感到胸闷、难受，转身飞奔而去。

"优希！"志穗在她身后大声呼喊。

优希穿着病房楼内用的拖鞋跑到室外，护士也在后面叫她。

优希从连接门诊楼的户外走廊跑向病房楼的后方。病房楼与围墙之间的紫薇树在狂风中东摇西晃，深粉色的花瓣在呼呼的风声中纷纷坠地。

优希来到净水塔前，三米多高的塔顶站着两个人——长颈鹿和鼹鼠。

二人正张开双臂迎击海风，衬衫和裤子被狂风吹得鼓起来，发出"啪嗒啪嗒"的声响。

"要飞起来了。"长颈鹿兴奋地叫着。

"跳一下，也许真能飞起来。"鼹鼠挺了挺背。

优希也想爬上去和他们站在一起。

正如他们所说，只要轻轻跳起，就会像风筝一样飞向空中。

"啊！"他们同时注意到优希，向她挥手，却一个不留神，被狂风吹得后退了两三步，差点儿掉下去。二人赶紧调整姿势，回到原来的位置。

长颈鹿瞪大了眼睛对优希说："风好大！"

鼹鼠微笑着召唤："上来感受一下吧！"

"我可以上去吗？"优希渴求对方的肯定。

二人面面相觑。

长颈鹿挠了挠头："可是，别再受伤了！"

鼹鼠蹲下身子："很危险！要小心！"

优希满不在乎地爬上围住净水塔的金属网。

"优希！你干吗？"

"你俩快下来！"

身后传来志穗和护士的喊声。

志穗在优希即将越过金属网时一把抓住她的衣服，将她拉下来，气喘吁吁地大声斥责："你要干吗？"

护士命令长颈鹿和鼹鼠也下来。

志穗抬头瞪着两个少年，歇斯底里地大喊大叫："都怪你们挑唆优希！上次也一定是因为你们！"

志穗没能从优希那里听到她所期待的回答，于是把怒气和积郁都发泄到长颈鹿和鼹鼠的身上。

为了赶渡轮，即使放心不下优希，志穗也仍在一个小时后离开了医院。

长颈鹿和鼹鼠虽然没有被扣分，但受到了医生和护士的严厉批评。

这天晚上，优希失眠了。

风越刮越大，病房外的树木激烈地摇晃，窗户被狂风吹得"嘎哒"作响。同病房的蝰蛇回家过周末了，今夜只剩下优希和蜉蝣。

"如果整栋病房楼被刮去与世隔绝的无人岛就好了。"蜉蝣嘟哝道。

医院外，远处传来巨响，如地动山摇，不知是波涛汹涌还是山体滑坡……但优希没有感到一丝一毫的恐惧。

病房楼内，各种声音此起彼伏一整晚：患儿的尖叫声、护士的安慰声，还有走廊里来回踱步、拖鞋着地的"啪嗒"声。

2

优希不见了。

最早发现的是长颈鹿和鼹鼠。

早饭时，优希坐在桌前没怎么进食。午饭时不见了踪影。

他们问蜉蝣："海豚在病房里吗？"

虽然优希自己并不接受，但其他孩子都叫她海豚。

"海豚？不在。"蜉蝣摇摇头。

风雨比昨日增强了。早上，护士说，台风将于今天傍晚至夜间经过四国地区，提醒大家注意安全，不要跑去外面。

今天是周日，值班的护士本来就少，加上受台风影响，一名原本打算来上班的护士没能出勤。正在值班的只有三名护士，个个满脸倦容，无暇照顾到每一个患儿。

长颈鹿和鼹鼠溜进诊室找过，还拜托蜉蝣去看过女厕所，但哪儿都没见优希的影子。

悄悄地走出病房楼，来到门诊大厅。

也许是因为台风天，大家都不能出去，所以各栋病房楼的孩子都挤在门诊大厅的小卖部里，抢着在杂志架前翻看漫画，叫声、闹声此起彼伏。

此刻的门诊大厅成了孩子们的游乐场。也因为台风，几乎没有外来的患者。患慢性病住院的孩子变得异常兴奋，配合着风雨声大喊大叫，玩"我是木头人"游戏。

优希也不在这里。

护士们终于发现优希不见了，医院里响起广播："请八号楼的所有人马上回病房！"

鼹鼠忽然说道："不会又去净水塔了吧？"

"走！去看看！"长颈鹿说完，发足狂奔。

他们来到外来患者出入口，从伞架上随便抽出两把雨伞，朝八号楼方向跑去。

来到连接门诊楼与八号楼的户外走廊，撑开雨伞跨到走廊外，风雨比想象的更猛烈，若不紧紧抓住伞柄，雨伞随时会被狂风刮走。他们迎着风雨，奋力朝净水塔跑去。

为了防止再有孩子爬上净水塔，院方已在前一天给净水塔周围的金属网顶部加装了带刺的铁丝。

净水塔顶和附近都不见优希。

他们又跑去教学楼找，依然无果。无奈，只能回到八号楼。

刚进门，聚在诊室门口的大人们同时回过头来。除了三名值班的护士，还有尚未来得及换上护士服的护士长和另外几名工作人员，每个人都表情严肃。

"去哪儿了？"一名男护士厉声问道。

他们将伞收好，换上拖鞋，一言不发。

"说过了不要跑去外面！一天到晚不消停！"男护士的语气越发粗暴。

护士长上前劝阻说："算了。"然后问长颈鹿和鼹鼠："你们见过久坂优希吗？"

二人同时摇头。

"是嘛……那先回病房吧，暖一下身子，当心别感冒。"

他们假装朝病房走去，却在楼梯的平台处停下，偷听大人们的谈话。

护士长对众人说："请其他病房楼的同事帮忙再好好找找，如果还是找不到……"

像优希上次在明神山失踪那样，只能请人去外面找——车站、通往松山市的公路、附近的商店、海岸……

长颈鹿和鼹鼠面面相觑。

"森林……"长颈鹿想到一种可能。

"樟树……"鼹鼠点点头。

二人回到病房,同屋的另外两名患儿还没回来。由于台风影响,预计会有很多回家过周末的孩子回不来。

他们拉上隔帘,把被子盖在枕头上,摆弄出床上有人的模样。

"你猜她在森林里干吗?"长颈鹿想不通。

"不知道,但她应该没带伞。"鼹鼠很担心。

"这么冷,会冻死的。"

"也许她就是想死。"

"别胡说!她和蜉蝣不一样。"

"可能她希望被埋在森林里……"

二人从床底各自取出一双款式相同也都已破旧不堪的运动鞋,比平时穿的鞋帮要高一些,是刚入院时和拖鞋一起买的。医院推荐时说,这种鞋适合登山疗法。

他们将鞋子抱在胸口走出病房,朝应急通道方向走去。原本应该在二楼值班的男护士此刻正在楼下和大家一起商量如何寻找优希。

打开应急通道的门来到病房楼外,他们任凭狂风暴雨抽打身体,在逃生楼梯口换上运动鞋后迅速冲下楼,直奔运动场。

运动场的一端已经严重积水,看着像游泳池。二人绕到后方存放体育用品的仓库前,在键盘式的仓库门锁上按下早已烂熟于心的密码。

仓库里杂乱地堆放着排球网、各类运动用球、篮筐等器材。

来到位于角落的一个放置网具和接力棒的架子前,体重较轻的长颈鹿坐在鼹鼠的肩上,从接近屋顶的最高处取下两个黑色垃圾袋。

袋子里装着一红一蓝两个双肩包,红色是长颈鹿的,蓝色是鼹鼠的。包里装着救灾用品和食物,都是他们之前从医院偷出来的——为了逃离这里,踏上旅途,去找寻真正自由而又安心的生活而准备的。

二人拿出塑料雨衣后把包背好。现在长颈鹿身上穿着的T恤、牛仔裤,还有内裤和袜子,都是前阵子叔叔婶婶送来的,他们上一次来医院看长颈鹿时答应过要送来衣服,之后果然说到做到。长颈鹿收到后,挑了几件送给鼹鼠。

他们穿上雨衣走出仓库,锁好门,透过围着运动场的金属网朝外看去。

"第一次见到她的时候,就是从这儿翻出去的。"长颈鹿纵身爬上金属网。

"她朝海里走去的时候,我还以为是人鱼公主呢。"鼹鼠跟着攀了上去。

平日里温柔宁静的大海此刻狰狞咆哮,狂潮拍岸,大有将整片沙滩削尽之势。海里波翻浪涌,空中黑云飘电,怒风横扫,白沫四溅。

暴风携带着雨水，掺杂着海水，直接打进眼睛，二人都因为害怕爬到一半掉下去，所以不敢松手去擦，只能用力挤了挤眼睛，继续往上爬。

金属网惨遭暴风蹂躏，仿佛要不了多久就会破裂。由于金属网剧烈晃动，爬到最高处的长颈鹿差点儿整个人被甩出去，幸好被下方的鼹鼠奋力护住。

长颈鹿先行翻过金属网，迅速向下爬。仍在金属网另一侧的鼹鼠紧随其后。二人隔着金属网，指尖相触，心心相印。

先降到地面的长颈鹿用身体顶住金属网，尽可能使它减轻晃动，令鼹鼠更易于攀爬。

待鼹鼠也翻过网、平安落地后，二人相视一笑，背对波涛汹涌的大海，朝山中跑去。

登山道上，积水成河。

裹挟着山土的茶色浊流，沿山坡奔流直下。

泥水已然高过二人的脚踝，有些转弯处甚至没过膝盖。

长颈鹿和鼹鼠尽量将身子贴近山体，以爬行之姿向上攀。

滚滚而下的泥水中混有大大小小的石块，一次又一次地撞击着二人的脚踝或小腿。又因为时不时会踩到石子，令脚下打滑，他们只能把手伸进浊流中，以支撑身体。腿脚屡屡被泥水中的断枝割伤，脸颊频频被路旁参差的树枝刮疼。

雨衣早已失去作用。天降雨水，下溅泥浆，外衣内裤全都湿透了，可他们一点儿都不觉得冷。一方面因为气温并不低，但更重要的是，他们此刻内心如焚。

上山以来，尚未见到人迹，但他们坚信优希一定在森林中。

来到登山治疗时曾到过的休息处，稍稍远离登山道，二人终于得以暂离浊流，瘫倒在草地上。

小憩片刻后，鼹鼠背对长颈鹿，长颈鹿撩起他的雨衣，从他的双肩包里掏出一罐果汁。

长颈鹿先喝一口："登山道太危险，不能再走了。"说着，把果汁递给鼹鼠。

鼹鼠也喝了一口，提议道："去森林吧。"

他们喝完果汁，没有扔掉空罐，而是装进包里，继续向森林深处走去。

被暴风刮断的树枝好几次挡住他们的去路，遭雨水浸湿的草地常常让他们重心不稳，曾经和优希一起品尝过的莓果早已掉落一地。

近处雷声轰鸣，仿佛下一秒就会砸到头上。

幸好枝繁叶茂的树林挡住了大部分的雨水，还将狂风的力道化解，避免让他们的身体受到直接的冲击；落在地上的雨水也被如茵蔓草疏散分流。相比登山道，林中路比较好走。

橡树被强风吹得东倒西歪，树顶上方，山巅时隐时现。他们觉得优希应该就在森林里，但为了以防万一，还是决定暂时离开林子，先去山顶确认一下。

也许是为了方便行人观望，山顶的树木已被砍光，只剩下一排矮草。二人没有采取任何防护措施，完全暴露在正面袭来的狂风暴雨之中。

风狂雨横，令他们根本无法直立，只得几近匍匐地向前挪动。膝盖、手上、脖子上……浑身是泥。

他们不时地抬头，试图搜寻优希，却发现连睁开眼都很困难，更不可能张嘴呼喊。

乌云压顶，似欲吞噬二人，吓得他们缩起脖子不敢看天。虽已压低身体的重心，但若稍有疏忽，仍随时可能被狂风卷走。

落地的雨水、溅起的泥浆将二人的脸庞完全打湿。

费了好大劲确认了一圈，他们爬到长凳所在的位置，幸好杉树做成的长凳被金属和水泥牢牢地固定在底座上。

背靠长凳，喘息片刻，继续环视周围。原先茂盛的长草丛已然倒向一边，四下没了遮挡，本可一览无遗，却依然只见雨幕，不见人影。

"果然不在这儿！"长颈鹿大喊，声音被狂风吞没。

"回森林去！"鼹鼠以丹田发力，高呼着提议。

突然，二人背后闪过一道亮光。

他们回头朝大海的方向看去。

天雷滚滚，异形怪物赫然跃出。

巨大的灰色活物扭摆着细长的身躯跨海而来。

不知是云块还是雾团——气焰冲天如恶煞，在他们眼中就像活物——俨然即将吞噬整座医院。

"那是什么?"长颈鹿伸手去指。

"龙卷风?"鼹鼠眨眼不解。

"嚯嚓——"轰隆隆电闪雷鸣,海上的巨物突然扭过头,目露凶光、恶狠狠地瞪着山顶的长颈鹿和鼹鼠。

他们在心中惊声尖叫,立刻狼狈而逃,却不料双腿打颤,外加强风推背,猛地跌倒滚进草地。顾不得嘴里全是泥,身上都是草,他们朝密林深处狂奔。那是优希曾经去过的密林,也是他们此刻一心奔赴的地方。

因为脚下湿滑,跑在前面的长颈鹿再次摔倒,紧跟在他身后的鼹鼠也被绊倒。

二人抱作一团,沿着山坡向下滚。

3

狂风从四面八方围攻森林,呼啸回响,沉吟如笛。

不过,森林深处在茂密植被的保护下却显得细雨轻风,声音虽然听着瘆人,但没那么危险。

对优希而言,比起恐怖,更难忍的是寒冷。躺在藤蔓和树根环绕的洞穴里,她真想当即被埋。呵气成霜,冷得发抖,她只能坐起来抱紧双膝。

好在有眼前的大樟树为她将风雨挡在洞外;有藤蔓、杂草和树根为她将山流、泥水疏导至别处,洞中没什么积水。问题是,她此刻饥寒交迫。

她有些后悔,早知如此,一定会多吃几口早饭。

今天早上,她随便吃了两口,没作任何准备就跑出了医院。

因为举手投足都表现得很自然,所以一路上没有引起别人的怀疑。从正门出来的时候,根本没人注意到她——也可能是因为她用顺手在门口伞架里抽出的一把伞遮着脸。

进入登山道前,那把伞尚且能挡掉些雨水;可开始爬山之后,撑伞根本没用;到达山顶后,暴风雨轻而易举地将伞吹走。不只是T恤衫和棉布裤,甚至内衣内裤也全湿透了。所幸一直在活动,身体还比较暖和。安睡于森林怀抱中的想象令她痴迷、憧憬,浑然忘我。

然而,真正进入了森林,在洞中躺下后,她越发感到寒气逼人,冻彻骨髓。现在的她不停地手脚发抖,牙齿打颤。

她一点儿都不怕死,却受不了饥寒交迫。她认为这种反应是肉体对意志的背叛。她痛恨自己的身体,不停地咒骂。

趁天黑前赶紧下山还是继续在洞里发抖?她不知道接下去该如何是好。事到如今,她无心下山,但之前在森林怀抱中安睡的梦显然已无法实现。无助的她只能把脸埋在双膝之间。

突然,她听到树枝被折断的声音。

挺了挺背,屏住呼吸,竖起耳朵。

接着,又听到水被溅起、草被踩踏的声响,俨然巨兽正在接近。她尽量往洞穴深处缩去。洞中没有任何东西可以作为武器,她只能更紧地抱住双膝,却忍不住伸长脖子朝洞外看去。

洞口和大樟树之间有两米左右的距离。从樟树后面,一左一右地出现两张黑色的脸,正朝洞内看进来。

"她在里面!"

"是啊!"

两张黑色的脸——全身上下皆黑,还沾满树叶、青草和泥巴——绕到樟树前。

樟树的粗大根部正对洞口向左右两侧延伸,形成门槛式的格局。此刻,两个黑影分别坐在两侧的树根上。

"哟,这地方风雨不侵嘛!"

"是山上最安全的地方吧?"

两个黑影很熟络地向优希搭话。

优希觉得恶心,越发贴靠洞壁。

两个黑影似乎很是困惑,瞅瞅洞里,又看看彼此,同时"噗嗤"笑出声来。

"瞧我们这副鬼样!都怪刚才一头栽进泥坑。"

"还好是泥坑,里面只有泥巴和树叶,不然估计骨头都已经摔断了。"

同时抹去脸上的泥巴——是长颈鹿和鼹鼠。

"为什么……"优希顿时卸下防备,放松了。

二人对优希露出微笑。

第十章 一九七九年初秋　155

"我们为您送大餐来了。"长颈鹿拿腔作调。

"还为您准备了音乐。"鼹鼠也煞有介事。

说完脱掉雨衣,取下双肩包放在洞口。

长颈鹿掏出罐装果汁和干面包,摆在优希面前;鼹鼠则取出小收音机并按下开关。

收音机里先是发出一阵杂音,不一会儿,就传出了欢乐的民谣。

樟树的轮廓渐渐没入黑暗,目光所及皆模糊不清。

暴风雨愈演愈烈,仿佛能把树木连根拔掉。整座森林呼呼鸣响,恐怖至极。

洞内约有三个平方米大小,高度接近一米,足够三个孩子坐在里面,甚至还有余地。

树洞看起来很有年头,内侧的土壁被压得严严实实,混以树根,可防止土崩。

优希钻进二人带给她的睡袋里,头露在外面靠墙坐。

长颈鹿和鼹鼠在优希对面靠在一起坐,把另一个睡袋披在肩上。有了睡袋,加上三个人的体温,优希觉得洞里比之前暖和了很多。

睡袋一共只有两个。起初,优希拒绝独占一个,但那两个少年反复劝说,她这才接受了他们的好意。他们还与她分享了干面包。

收音机一直摆在洞口,播放着民谣、流行歌曲和古典音乐,还穿插电台主持人无聊的话语和台风信息等。长颈鹿和鼹鼠在洞内坐定后,几乎没怎么开口,优希也始终沉默,好在有一台收音机,气氛没有太尴尬。

洞外,透过树叶间隙,可以窥见小片天空,现在则完全黑了。洞内,已暗到看不清彼此。

不一会儿,优希听到异样的喘息声。

在病房或教室里,她曾听到过类似的声音,那是毫无征兆、突发的呼吸困难。

"鼹鼠!你害怕了?"黑暗中响起长颈鹿的声音。

异样的喘息声暂时停下,继而,又传出好像石子互磨的"咯咯"声。

"坚持住!"长颈鹿边说边拉开双肩包。

"咔嚓"一声,长颈鹿举起点着的打火机,小小的橘黄色火苗照亮洞内。优希眨眨眼,只见鼹鼠已在洞口附近,双眼瞪大,牙齿打颤,"咯咯"作响。

"没事了,安心吧,下巴放松!"长颈鹿一手举着打火机,一手为鼹鼠揉搓颈部。

鼹鼠看看长颈鹿,又看看优希,渐渐放松。

"拿一下!"长颈鹿把打火机递给优希。

优希从睡袋里伸出手接过。

长颈鹿把手伸进放在洞内深处的双肩包里翻找。

突然袭来的一股风将火苗吹灭。鼹鼠顿时发出尖叫。

"打火机！"长颈鹿大吼。

优希赶紧打着火。

洞内再度亮起。鼹鼠瞪着双眼，满脸惊恐。优希看着都觉得害怕。

"千万别再让火熄灭了！"长颈鹿嘱咐。

优希用另一只手护住火苗，以免被风吹灭。

长颈鹿从包里取出一盒蜡烛，看了看四周，有些发愁："该插在哪里？"

"把……空罐……踩扁……"鼹鼠虚弱得像重病号，勉强从牙缝里挤出几个字。

长颈鹿从背包里找出刚才的空罐，踩扁后捏平。

优希从睡袋里钻出上半身，从盒内抽出一支蜡烛点燃。

长颈鹿将蜡烛插在用空罐做的烛台上，小心翼翼地摆到洞内深处不易被风吹到的位置。

摇曳的火苗渐渐稳定，洞内顿显温暖、详和。洞外依旧狂风大作，反而衬托出洞内的安宁。

"好些了吗？"优希关心地问，见鼹鼠点点头，这才松了一口气，"对不起，刚才，让火熄灭了。"

"没事……"鼹鼠虚弱地笑了笑，不好意思地低下头，"你不用道歉，是我特别害怕狭小、黑暗的地方。都怪我……都是我不好。"

"够了！"长颈鹿打断鼹鼠，把一半睡袋披在他肩上，"不许说自己不好，怕黑不是你的错。"

鼹鼠低下头。

优希本以为鼹鼠会感谢长颈鹿的体贴，谁知鼹鼠生气地掀掉他为自己披上的睡袋："说得好像你什么都懂！"

长颈鹿满脸吃惊："我没说我都懂……但我知道你刚生下来的时候肯定不是这样的，是在成长的过程中被关在黑暗的地方，被弄得不正常，被养育成这样的。"

"不是！"鼹鼠坚决反驳。

长颈鹿也来了气，噘起嘴："你自己常说，任何人都是在环境的影响下被养育、长大的。有的见到有钱人就点头哈腰，有的为了功成名就不惜打压他人，有的打人成性甚至杀人不眨眼……但所有人都不是自己变成而是被养育成那样的。当然，也有长成好人的，但那只是碰巧运气好，本人也许意识不到，可确实是因为幸运地拥有一个良好的成长环境。"

"我没有不幸，成长环境也很好。"

"是吗？那我现在吹灭蜡烛！"长颈鹿说完，把头转向蜡烛的方向，伸长脖子做出要吹灭的架势。

"不要！"不等鼹鼠开口，优希抢先阻止。

其实长颈鹿根本没打算吹灭蜡烛。

烛光微弱、摇曳。

"别在这里吵架。"优希拜托他们。

他们都听话地坐回原位。也许是受到乱流的干扰,收音机里此刻只剩下杂音。长颈鹿把收音机的位置稍稍移动了一下,又听到一点点古典音乐。

鼹鼠打破沉默:"可以抽烟吗?"

优希点点头,把打火机递过去。

"朝洞外吐烟!"长颈鹿把蓝色双肩包塞到鼹鼠面前。

鼹鼠从里面掏出烟盒,叼上一支,再用打火机点燃。动作熟练得完全不像个小学生。

鼹鼠把双肩包和打火机还给长颈鹿,靠在洞口急忙地吸上一口,便立刻朝洞外吐烟,一副惊魂未定的模样。他看了一眼斜对面的优希:"你抽烟吗?"

优希把睡袋口掩好,摇摇头。

鼹鼠撇撇嘴,使坏地笑了笑:"那就好,长颈鹿一见女人抽烟就犯病。"

长颈鹿立刻压低声音反驳:"胡说!"

鼹鼠面朝优希笑着说:"你知道为什么叫他长颈鹿吗?我告诉你吧?"

长颈鹿发怒狂吼:"闭嘴!"

鼹鼠不管不顾,继续挑事儿:"嘿,长颈鹿,你家里人谁抽烟来着?"

长颈鹿一把抓起收音机朝鼹鼠的脸用力砸去。

鼹鼠一闪,收音机擦着他的脑袋飞出洞外,砸落在樟树根上，立刻不响了。

"别吵了!"优希大喊。

长颈鹿"哼"了一声，坐回洞内靠里面的位置。

见鼹鼠半个身子已经坐出洞外，优希劝道："鼹鼠，你也进来点儿吧，洞口太冷。"

可鼹鼠非但没坐进去，反而干脆出了洞，一屁股坐在樟树根上，嗓音沙哑："你听好了，长颈鹿!别人怎样，我不知道……但是我，没有不走运，也没有不幸。"他在地上掐灭香烟，把烟蒂塞进牛仔裤的口袋，"我爸爸是一位革命斗士!"

鼹鼠对优希露出自豪的笑脸："为了让社会变得更加美好，他一直在战斗，但绝不伤害人，也最讨厌恐怖主义。我爸爸只是觉得世人都病了。他说这世界上的每个人都活得很拼命，但大多得了病，发着高烧，在朝错误的方向努力。为了追逐金钱与地位，人们互相陷害、欺骗，甚至发动战争。可是医生会伤害、杀死生病的人吗?对待病人，必须耐心治疗。为了治好他们的病，首先要让他们意识到在发烧、被病毒感染了……我爸爸的工作就是不厌其烦地让更多人明白：他们在发烧，他们的生活方式会害了他们。我爸爸的工作非常辛苦，所以经常不在家，没有精力照顾自己的家人。"

"别说了……"长颈鹿小声嘟囔，裹了裹披着的睡袋，"你那边风大，小心着凉。快别说了，进来吧。"

鼹鼠没反应，背靠着樟树，继续自我陶醉地对优希说："我妈妈也赞同我爸爸的观点，支持他的工作。革命活动需要资金，为了给我爸爸筹钱，我妈妈在工厂从早做到晚，周末还去建筑工地打工，所以我从小经常一个人在家，但我并不觉得有什么问题。而且我妈妈每次一回家都会抱我。我妈妈哪怕不喷香水也很香，虽然会有汗味，但那是她为家庭和社会而辛劳的证明。我们会一起去澡堂，因为那时候我还小，所以可以跟着她进女浴室。我妈妈会把我抱在怀里，会帮我洗头，汗馊味妈妈会变成肥皂香妈妈……"

长颈鹿不想再听："你说完了吗？"

"长颈鹿的爸爸妈妈也都很了不起。"鼹鼠转而介绍长颈鹿的父母。

优希从鼹鼠的眼神中看到一抹着魔似的异样光芒。

"长颈鹿的爸爸在县政府工作，将来会竞选县长。他来医院看长颈鹿的时候总会给他带很多文具，还会给别的孩子送礼物。长颈鹿的妈妈以前当选过香川小姐，但从来不以为傲。医院开运动会的时候，她还来做过义工，见有人摔倒了，马上去抱起来，自己满身是土都完全不介意！"

"混蛋！"长颈鹿实在忍无可忍，把睡袋卷成一团朝鼹鼠砸去，自己也冲出洞外，扑向鼹鼠。二人在樟树根与洞口之间的空地上扭打成一团。

"我爸爸什么时候送过东西来？我妈妈什么时候来看过我？什么满身是土都完全不介意？呕！我只是拉拉她的裙子就被

她狠狠地抽了耳光！"

"别打了！"优希大叫。

长颈鹿像是没听见优希的叫声，紧紧掐住鼹鼠的脖子："之前你明明说你从没见过你爸爸！革你个鬼命！你妈妈去建筑工地？开什么玩笑！她每次来医院都穿超短裙，抹着艳红的嘴巴，一天到晚只想着怎么把男医生都勾引去她的酒吧！什么肥皂香妈妈？你妈妈那香水喷得简直熏死人！"

"不是的！"被掐得喘不过气来的鼹鼠竭力反驳。

长颈鹿明明满腔愤怒，却哈哈大笑："你和我哪有那么好的爸爸妈妈？事实上，我们根本没有！身边连个作恶使坏的都没有！什么都没有！全都没有！我们……只剩我们自己……"

"快松手！会出人命的！"优希也跑来洞外，伸手去拉长颈鹿的肩，却见他眼里噙满泪水。

"我们只能去别的世界重新开始！在新的地方，没有别的来自这个世界的人，我们可以拥有毫无伤痕、干净纯洁的身体回到最初，重新活过……"长颈鹿说完，一下子泄了劲，从鼹鼠身上跨下来，瘫坐在地，精疲力竭地靠在洞旁的山岩上。

优希手足无措，不知如何是好。

洞前虽有樟树和其他树木遮挡，雨水不至于直接落到头上，但从四面八方刮来的风依然裹挟着密集的水珠，很快将他们的衣服打湿。

鼹鼠横躺在樟树和洞口之间的草地上嘟囔着："没用的！"

声音成了哭腔,"我们哪儿都去不了……就算去了,也什么都不会改变……"

长颈鹿抬起头,强硬地质问:"不是说好了要去吗?不是都准备好了吗?"

鼹鼠躺在地上摇摇头,满脸是水:"长颈鹿,其实你也不信!你那一身皮肤要怎样才能变回洁净的?我也一样,这辈子都怕黑,无论去到哪里都会受困!"

"闭嘴!"

"我很害怕等我们跑去别的地方之后,却发现什么都改变不了……我们只是嘴上说要出去,但结果哪儿都没去成。后来又说要带上她一起走,还说只要有她在,我们就能得到救赎……其实我们心里都很清楚。说什么推迟计划是为了说服她……那只是我们为无法出发而找的借口……一定是这样。没用的!说什么重新来过、获得新生,根本不可能!"

"我不听!我不听!"长颈鹿捂住耳朵,经过优希身边回到洞里吹灭了蜡烛。

四周顿时漆黑一片,鼹鼠发出尖叫。

"你干吗?快把蜡烛点上!"优希对长颈鹿大喊。

鼹鼠躺在地上呼吸急促,痛苦地呻吟:"不要……放我出去……"声音发抖,充满了恐惧。

优希朝洞中大喊:"快把蜡烛点上!别这么残忍!"

长颈鹿一声不吭。

优希伸手摸到树根，顺着喘息声和汗臭味摸到鼹鼠的身体。鼹鼠抱着睡袋瑟瑟发抖。

"有我在，知道吗？我在你身边，没事的。"

优希摸索着把手伸到鼹鼠的脖子下面，用力将完全瘫软的鼹鼠搀扶起来，凭感觉朝洞里返回。

不再有水珠飞溅到脸上，空气的流动速度与地面的触感让优希明白二人已回到洞中。

"鼹鼠，知道吗？你不是一个人，还有我！别怕。"优希边说边抚摸他的后背。

"长颈鹿！快把蜡烛点上，求你了！"虽然看不见彼此，但优希知道长颈鹿就在边上。

"我浑身都是烫伤的疤痕。"长颈鹿没有立刻去点蜡烛，而是小声说起来。

声音从优希的正面传来，却轻得几乎听不见。

"穿着衣服的时候看不见，但脱光了就会一目了然。我浑身都是一块块圆形的小疤，和长颈鹿的斑纹一样，所以他们给了我这个绰号。我……"长颈鹿话到喉头哽咽了，停顿了好一会儿才声音颤抖地继续道，"是我妈妈用香烟烫的……"说完再次沉默。优希能感觉到他正在竭力忍住不哭。

"我也不知道究竟是从什么时候开始的。从三岁开始记事时，身上就已经到处都是这种疤了。相比没有受伤的皮肤，黑红色的旧伤疤是下凹的，新伤疤则是凸起的。那时候，我觉得很奇怪，总用手去摸，但每次都会被我妈妈打。我妈妈平时不抽烟……因为我爸爸讨厌香烟味。但当我奶奶嫌我妈妈做的菜不好吃而数落她的时候、我爸爸站在我奶奶一边怪罪她的时候或是我爸爸夜不归宿的时候……还有我爸爸和我奶奶都不在家的时候，她都要抽烟。我四五岁的时候，她抽得最凶。平时我做错事，她不会当场生气，总是到以后算总账。没及时收拾好玩具、摔碎了盘子、没吃完她做的洋葱……一件一件，她都用烟头在我身上烫下记号。烫伤起泡的地方，一碰会破皮，流出黄水，这时我妈妈会再用烟头继续烫我，说是给我消毒，还说'别担心，长大后不会有疤''只要长成好人，伤疤自然消失'……"

"没有别人知道？"优希感到揪心，为他难受。

"别人？谁？"长颈鹿反问。

"比如你父亲……"

"我爸爸当然知道。"长颈鹿无奈地笑着说，"你想想，我三岁的时候就已经浑身是疤了，他怎么可能不知道？"

那他为什么不制止……优希本想发问，话到嘴边却说不出口，因为她自己也有类似的感受。

长颈鹿笑中带哭的声音在洞中回响："相反，倒是我妈妈制止过我爸爸……我爸爸每次工作上遇到不顺心的事，回到家都要揍我。有一次他命令我把玩具收起来，我去收拾时，他又嫌我收拾得不好，抬手就打；我说我正在收拾啊，他骂我顶嘴，起脚就踹……我妈妈拦住他，他就怪我妈妈没教育好我，转身又去打我妈妈；我哭着认错，他嫌我太吵，对着我的正面就是一拳，把我的牙齿都打掉了。不过他心情好的时候会带我去游乐园或去看棒球比赛。在别人面前，他总是满脸堆笑，做出疼爱我的样子。我一直在心中祈祷那样的美好时光能长久持续，可每次都转瞬即逝。只要碰到一点儿不高兴的事，他就会对我大发雷霆。有一次，全家一起去动物园，一开始挺开心的，就因为我妈妈上厕所的时间稍微长了一点儿，他立刻变得焦躁、粗暴，骂我妈妈动作慢；我妈妈说，因为人多要排队，我爸爸就朝她吼'贱人回什么嘴'。最后当然是败兴而归。回家的路上，我做什么他都看不顺眼，回到家接着骂我没教养、在车里坐不住，以此为由对我拳打脚踢……"

优希越听越难受，但还是忍不住问了一句："你奶奶不是和你们住一起吗？"

"她住隔壁。我们家和奶奶住的是并排相连的两栋房子。"

"你奶奶什么都不管？"

"管什么？"

"比如你爸爸打你的事？"

长颈鹿还在笑，带着哭腔："每次我爸爸打我，我奶奶要么说去做饭，要么说回自己屋。她只在我爸爸对我好的时候看得见，我挨打的时候她会变瞎，对我全身的伤疤视而不见。"

优希眼眶发热，心情激动，差点儿叫出声来。

长颈鹿继续倾诉："快上小学的时候，我的头部受过一次重伤，脑袋疼得都快炸了，他还在我耳边不依不饶地反复强调：'记住！你是从楼梯上摔下来的！是自己从楼梯上摔下来的！'但事实是——我爸爸和我玩摔跤的时候，我不小心踢了他一脚，他当场发火，抓起我的脚把我倒吊转圈，却根本没抓紧，一下子把我甩了出去，导致我的头部猛地撞到硬物……等我清醒过来时，发现自己躺在医院里。我奶奶见我醒来，第一句话不是问我疼不疼，而是立刻在我耳边小声提醒：'是楼梯！别人问起，要说是你自己从楼梯上滚下来的……'"

别说了——优希想大喊，却哽咽得发不出声音。

"其实大家都知道、都明白！医生不但看到我头部受伤，还看见了我身上的疤，可什么都没改变。我妈妈对护士谎称：因为我药物过敏，那些疤是温灸治疗时留下的。其实只要用心去判断，谁都知道那不可能是艾灸的印子。但他们好像全都瞎了眼，没有一个人站出来说真话。他们全都看不见我的伤，也看不见我……所以我曾天真地以为这些伤疤算不了什么，完全没关系，甚至以为只要是小孩，身上都会有伤。然而上学以后，我成了大家的笑柄，同学都把我当怪物，老师也不管。我这一身疤痕……孩子全都看得见，大人却都看不见……看得见吗？你看得见吗？"

"咔嚓"一声，优希听到打火机的声响。

洞里亮了起来。优希对面的长颈鹿手里拿着打火机，爬到洞穴深处点着了蜡烛。

"你看，有光了！"优希对鼹鼠说。

躺在优希膝上的鼹鼠瑟瑟发抖，微微睁开眼睛，确认周围的光亮，紧张的表情逐渐放松。

长颈鹿经过优希和鼹鼠的身边来到洞外。

站在暴风雨中岿然不动的大樟树前，长颈鹿背对优希和鼹鼠脱去长袖T恤。湿衣沾身，脱起来有些困难。脱去上衣后，又接着脱去牛仔裤，飞溅的雨滴打湿了他的皮肤。

鼹鼠从优希的膝上坐起身来，大声哭喊："住手！长颈鹿！"

长颈鹿好像没听见似的，继续脱掉内裤，他的动作没有一丝迟疑。

"鼹鼠，把蜡烛拿过来！"

"长颈鹿！"

"听我的！求你了！"长颈鹿声音颤抖。

鼹鼠犹豫了一下，爬到洞穴深处，把蜡烛拿到洞口。

长颈鹿张开双臂。

优希看到了。

长颈鹿个头不高，后背、腰上、臀部、大腿……到处都是被烟头烫出的伤疤，足足五六十个小圆疤布满长颈鹿的全身。

不知情的人乍一看，也许会误信艾灸印子的说法。

可只要定睛去辨认，连优希都能看明白。

在长颈鹿左右各半边屁股上，疤痕组成了两个对称的圆圈。

世上竟然有母亲用烟头在自己年幼儿子的屁股上烫圆圈！居然所有人都视而不见！

"不光是后面！"长颈鹿说着，慢慢转过身，但有些犹豫，转到一半又停了下来。

一阵风吹过，烛光摇曳，映在樟树树干上的长颈鹿的影子也随之微微晃动。

长颈鹿下定决心，静静地转过身。

优希条件反射地低下头，却立刻告诉自己：不能这样！必须正视！

长颈鹿的前胸和腹部也都布满伤疤，有黑有红，根本没有一块完好的皮肤……因为这样的身体而被叫做长颈鹿……优希对这种残忍感到悲伤。

优希还看见——甚至在他的生殖器周围，疤痕也组成了圆圈，像某种仪式的记号。

"我妈妈说，这是个坏东西，专干坏事……"长颈鹿用手指抬起自己的生殖器，上面也全是烟头烫的圆疤。

"够了！长颈鹿！我看见了！我都看见了！"鼹鼠痛苦地呼喊。

长颈鹿抬头看着优希。

优希直视长颈鹿的眼睛，认真地点点头："我看见了。"

长颈鹿长长地舒了一口气。突然害羞起来，急忙低头穿上内裤，再套上T恤。

"长颈鹿，你那家伙还可以用吧？"抱着睡袋的鼹鼠又问，"你那家伙还能用，对吧？"

"什么意思？"长颈鹿一边穿牛仔裤一边问。

鼹鼠把蜡烛放回洞内深处，背对优希和长颈鹿："你那家伙还能变硬。偷看护士更衣室的时候、看小黄书的时候……你自己说过、我也见过你裤裆鼓起的模样。"

"闭嘴！傻瓜！"长颈鹿厉声打断，他很介意优希的感受，"我那是说笑。"

"不管是不是说笑，总之你那家伙还能用，对吧？"鼹鼠的声音越发颤抖，身体蜷成一团，"而我的……已经没用了。"

长颈鹿回到洞中："什么没用了？"

"换句话说……我没法像你那样变硬了。即使看到护士的大胸或那些小黄书……也不会有任何反应。"

"那是因为年纪还小啊。"

"小孩的也会硬，大家都懂。连比我们小的、四年级的那个都会硬。"

长颈鹿不知如何回答，捡起地上的睡袋，从后面披在鼹鼠的肩上："以后会变硬的。"

鼹鼠摇摇头，甩开睡袋。

"因为一直太过用力地握着……被关在壁橱里的时候，我一直紧握那家伙，使劲到差点儿捏碎……"

"那是以前的事了吧？过阵子会好的。"

"你不知道我被关在壁橱里有多久。"

"不是你挨骂的时候吗？"

鼹鼠做了个深呼吸，却仿佛连呼吸都是一种痛苦："我妈妈总在半夜里带我不认识的男人回家，那时我才三四岁，也许更小。五岁的时候依然如此。为了不让那些男人知道我在家里，她总把我关进壁橱，不让我动，也不让我出声，直到第二天早上都不让我出来上厕所。我在壁橱里听得见屋里的啪啪声。我必须忍受那种声音，还得憋尿。没办法，只能使劲攥着那家伙直到天亮。可那时候的我挺希望我妈妈骂我，把我关进壁橱，因为那样她至少会在家。但等我稍稍长大些，我妈妈不再带男人回家了，而是外出去男人那里。每次都给我买一大堆面包，嘱咐我'妈妈有事，暂时不回来，饿了就吃面包哦''千万别到外面去，要是被别的大人看见了，妈妈要倒霉的，说不定还得进监狱。你要老老实实在家等着'……我只能一边吃面包一边等她回家。可等了一天又一天，面包吃完了，她还没回来。因为太久没吃的，渐渐失去知觉，不知道自己在什么地方、干什么、算什么东西……"

鼹鼠突然用右手抓起一把地上的泥土，举到鼻子前："我能感觉到的自己只有臭味。虽然讨厌被关进壁橱，但还是钻了进去，大小便都拉在里面，让自己被屎尿包围。很快会习惯那种臭味，接着变得神志不清，于是我得捏住最疼的地方，只有用力到快捏碎的程度，才能感觉到自己的存在……"

鼹鼠紧紧地握住拳头，从指间漏出的泥土撒落在地。

优希心痛地看着鼹鼠，却只能选择倾听。

"等我回过神来，发现我妈妈已经回来，给我买来了面包和牛奶。她的骂声让我清醒过来。她怪我把壁橱弄脏了，让我自己打扫干净。我讨厌自己，讨厌那个壁橱…………但我妈妈在的时候，我还是会高兴。我妈妈心情好的时候可温柔了，但要不了多久，她又会给我留下面包或钱，消失不见……后来因为实在讨厌壁橱，不再钻到里面，可到了晚上，我会非常害怕……还是会捏着那家伙，只能通过痛感来确认自己的存在。"

鼹鼠摊开右手，被捏成棒状的泥块掉至地面，松散开来。

"我的那家伙再也硬不起来，没法像大家那样一柱擎天、讨女人喜欢了。"

"别说了。大家都是看漫画，不懂，瞎起劲。你应该知道的。"

"但至少很舒服吧？长颈鹿，你不就曾用手隔着裤子蹭那家伙，然后说很爽吗？"

"傻瓜！你说什么呀？"长颈鹿不敢看优希，扭头转向洞外。

鼹鼠用右手扒着地面，突然笑起来："我的那家伙哪怕过再久、去到任何地方都不会硬起来，也不会感到爽，因为已经没用了。你说好笑不好笑？"

鼹鼠的笑声突然变成啜泣，同时，手指抠地的速度也越发加快，感觉指甲都快被掀掉。

优希一把抓住鼹鼠的手腕，制止他。

"没用也没关系。"优希说得很用力，"那东西……没用也无所谓，没用反而是好事。"

鼹鼠回头看着优希。

长颈鹿也注视着优希。

优希被二人看得有些心慌，觉得没法继续待在洞里。她松开抓着鼹鼠的手，放下睡袋，起身来到洞外，却一不小心被樟树的树根绊了一下，身体撞上硬墙般的树干，双腿顿时无力，全身贴靠在树干上。

优希张开双臂去抱树干，但根本圈不住，连三分之一都够不着。

大樟树仿佛连着地球的中心，洋溢着旺盛的生命力。优希把脸贴在树上，有一种被树抱在怀里的温情。

树干因雨打而潮湿，优希的额头贴住的地方有一股水流汩汩流下。

高高在上的茂密树叶接住雨水，顺着树枝流向树干。除了樟树的香味，还有雨水、泥土和苔藓的味道。

"愿意听我说吗？"优希面朝大树发问。

没有回答。

正因为没听到反对，优希得以继续。

听完长颈鹿和鼹鼠的诉说，优希内心的积郁涌至喉头，也想一吐为快，求得些许的解脱。

只有现在，唯有此刻，她才愿意说出口……

"不要怀疑我，什么都别说，只管听着就行……"优希恳求，"毕竟连我妈妈都说我骗人……骂我撒了弥天大谎……"话一说出口，一直封存着感情的盖子突然被打开，说话的声音也响亮起来。

优希把嘴唇贴在树干上。

从上方流下的雨水掺着从眼里涌出的泪水滚至优希的唇边。优希的嘴唇稍稍离开树干,继续诉说:"我没有说谎!我怎么可能编出那种谎言!谁会撒那种谎?那可是我爸爸!是我亲爸爸!我怎么能胡说!我只想有人回答我:真的可以做那种事吗?我非常害怕。我很想知道:一直持续下去会没事吗?不要紧吗?……我觉得自己很惨、很脏,我有罪!我对不起我妈妈……我希望她能出面制止,所以告诉她。可她说我脑子有病,还骂我撒那种谎,恬不知耻……"

优希感到胸口燥热,用手捶打树干:"我能对谁说?对谁说才有用?连我妈妈都害怕这种事。她讨厌我、责怪我,骂我是混蛋,甚至不认我这个女儿……我真的好无助。我希望有人能救我、保护我。我爸爸那样对我,让我感到非常恐惧。我不希望他继续。我曾以死相逼,以此表明我的态度。不止如此,我真的曾付诸行动,爬到高处往下跳,但没有死成。我明明已经都告诉了我妈妈……"

优希用指甲抠着粗糙的树皮,把当初对志穗说过的话又说了一遍。

当时志穗的脸色变得非常难看,双手捂着耳朵,不断指责:"住口!为什么要撒这种谎!"优希只能说到一半,无奈地停下。

没能说出来的真话在优希的内心不断积压、腐烂、发臭。

优希靠着树干，将一切倾吐——

事情始于优希上小学四年级第三学期的时候。

在那以前，父亲雄作一直很疼爱优希，每天晚上都和她一起泡澡。优希并不觉得这有什么不正常，只当那是父亲喜欢自己的表现，也很开心父亲总以笑脸对待她。

母亲志穗也很喜欢优希，不过她更注重优希的教育问题，经常批评优希。优希觉得那是母亲嫉妒父亲对自己好……她不但这样想，还曾说出口。

而且，自从聪志出生，优希就觉得母亲更偏爱弟弟。聪志是早产儿，需要更多照顾，这让优希感到母亲总在为弟弟做事。所以，当她感到雄作站在自己一边时，心中欢喜，经常得意地觉得自己和爸爸是一头的。

"我长大了要嫁给爸爸！"

从幼儿园起，优希就经常这么说，直到小学四年级发生那件事之前，她也确实一直这么想。

为什么父亲会做出那种事？……优希至今无法理解。

优希上小学三年级的时候，雄作的业绩严重下滑，经常沉着脸在家里发牢骚。志穗讨厌雄作把工作上的情绪带回家，不愿听丈夫发牢骚，时常冷嘲热讽地说雄作"不像个男人"。

渐渐地，雄作发牢骚的对象变成了优希。

优希一点儿都不讨厌雄作的牢骚，反而为雄作没有选择志穗而是选择自己而感到高兴。她觉得自己排在了志穗的前面，雄作爱自己胜过爱志穗，这曾让她感到非常得意。

志穗原本就肠胃虚弱，生了聪志以后，更加体虚多病。很多次，优希放学回到家，都看见志穗虚弱地躺在床上。之后，优希经常帮着打扫房间，上街买菜，甚至下厨做饭。雄作吃着优希做的饭，每次都说："比你妈妈做的好吃多了。"

雄作事业不顺的同时，和志穗的吵架也频频升级。

在优希还很小的时候，他们就经常吵架，大部分时候都是为了志穗的娘家。

志穗在娘家，是在父母兄姐呵护下长大的老幺，结婚之后也没有变化，继续享受被娘家宠爱的甜蜜幸福。娘家人经常给她打电话、寄东西，外婆和舅舅还总是突然造访，来看望她。从房子到家具，全是志穗娘家出钱。雄作对此不甘心，却也无奈，耿耿于怀的他总向优希倾诉对志穗娘家的反感。

每次和雄作大吵过后，加上身体不好，志穗总会带着爱哭的聪志回娘家。

这段时间内的家务活都会落在优希的身上。她一个人揽下所有"主妇的事"，虽然很累，却觉得很自豪。

"妈妈不在也没关系！"优希曾得意地对雄作说。雄作笑着抚摸她的头。

优希上小学四年级那年的二月，志穗因扁桃体化脓住院一周，做了手术。出院后因为不能进食，又带着聪志回了娘家。

雄作的工作依然不顺利，备受期待的新产品销售不佳，整体的营业额始终处于低位。不知是又被总公司的领导批评了还是在客户那里受了气,雄作在优希面前说过好几次:"真想把他们都杀了!"

以前,优希只见过雄作温和的一面,如今看到他那副狰狞的表情,渐渐心生不安。

一个大雪天,雄作喝了很多酒,提出要和优希一起泡澡。以前这是很普通的事,可那天优希不知道为何,有一种不好的预感,第一次拒绝了雄作的要求。

雄作勃然大怒:"怎么?连你也讨厌爸爸了?"

优希被吼得双腿发抖,只好答应。雄作立刻又变出一张温柔的笑脸。

父女俩在浴缸里泡澡的时候,雄作不停地骂志穗、志穗的娘家人、上司、客户……怨声载道,没完没了……突然,雄作哭起来:"我真没用!优希……爸爸是废人……"

优希不知所措。她想安慰雄作,于是模仿雄作平时对自己做的,轻轻抚摸雄作的头发。

雄作像个撒娇的孩子,把头埋进优希的胸前。

忽然,优希感到雄作的嘴唇在碰自己的胸,感觉有点儿发痒,还有极度的恐惧。

可以吗?能做那种事吗?优希想问却问不出口。

雄作一脸安心:"好温暖……好舒服……"边说边哭。

优希感到害怕,却没能将雄作推开,也没能出声质问。

"我是个没用的废人，没人认可我，谁都不接受我。那个女人根本帮不了我，她自己还像个孩子。只有优希……优希……我只有你……优希！"

优希被抱出浴室，来到卧室，放在床上。

"行吗……可以吗……优希……"

雄作问了一遍又一遍。

优希根本不知道雄作问的"行吗"是什么，无从回答。

"可以的，对吧……我爱你……你也爱我……对吧？"

什么意思？听不懂！不明白啊！在疼痛与恐惧中，优希狠狠地咬住自己的左腕。

事后，雄作在优希耳边低声叮嘱："绝不能告诉任何人，特别不能对你妈妈说。要是说了，爸爸只能去死，你妈妈也会自杀。这是我们的秘密，只属于你和我的秘密！"

自那以后，每当志穗和聪志不在家，雄作都会要求和优希做那种事。过了一段时间，优希提出疑问——真的可以吗？

"但你并没有拒绝啊！"雄作反而将责任推卸给优希。

优希万分吃惊。

雄作盯着她的眼睛："我问过你：'行吗？'你点头说行，所以爸爸才做。是你同意的，现在想反悔？"之后，他又灌输了很多想法，总之都是优希的错，而且不允许优希拒绝。

优希读五年级第二学期的时候，学校上保健体育课，其中有关于性知识的内容。当雄作又一次要求优希跟他做那种事的时候，优希提出"小孩子不能做那种事情"，还说做那种事"会生宝宝"。可雄作不以为然地表示"没关系，你已经不是小孩子了"，还说他自己会注意，"不会弄出小宝宝"。

"爸爸除了你，一无所有。没有你，爸爸会活不下去的。优希，如果爸爸死了，你会高兴吗？连你也不要爸爸了？"雄作起初只是抽泣，最后放声大哭，还说想干脆烧了这个家，一了百了。说着，裸身跑出卧室，用打火机点着一卷报纸，摆出要烧家的架势。

优希确曾拒绝过雄作的要求，没跟他做那种事。

每当出现这种情况，雄作就会把怨气发泄在第二天回到家的志穗或聪志身上。雄作会当着优希的面，无缘无故地大声斥责聪志或仅为一点儿小事打志穗的耳光，然后趁志穗和聪志不在的时候威胁优希："如果连你都不爱爸爸了，爸爸一定会发疯。一想到以后这辈子都没人会接受我，我绝对会气得把你妈妈和聪志都杀掉。所以，求你了，优希！"

有时候，雄作对优希做完那种事之后，也会抱着膝盖低头痛哭："我真是一个无耻的父亲，太过分了！可是，只有你能拯救我！谢谢你，优希！谢谢你救了我……"

那么，谁来救我？优希咬着自己的左腕，却始终求不到任何答案。

谁来拯救这样一个肮脏、丑陋、无能为力的自己？

优希曾指望母亲能救她。

但志穗只是骂她说谎、胡编乱造,并捂着耳朵走开。

没人能救她。

优希面朝樟树发出绝望的呐喊——

没有人能救我!

到哪里都没有能救我的人!

"有!"身后,一个泣涕如雨的声音轻柔地随风飘至。

"有!在这里!"另一个声音也从背后响起。

近至耳边处,响起两个人的泣不成声,优希感到肩膀变得暖和起来,被一左一右分别抱住,贴在树干上的手也被两个人的手重叠、覆盖。

优希再也控制不住自己,撕心裂肺地放声痛哭。

回到洞内,三个人把两个睡袋横放后躺在上面。他们安慰彼此,也被对方的话语治愈,像三条狗仔似的簇拥入睡。

三个人用体温温暖彼此。在这个暴风雨的夜晚,优希觉得自己从未睡得如此安稳,即使沙土崩塌,被埋于林中,也不会感到丝毫恐惧。

三个人几乎同时被小鸟的鸣叫声唤醒。

夜间换过好几支蜡烛,此刻已经熄灭,但洞中不再黑暗,可以看清对方的脸。洞外则更明亮。

风吹树摇、雨打林颤的骇人声响已消失,取而代之的是小鸟争相啁啾、蜂蝶振翅飞舞、枯叶碎枝交摩、生灵出没觅食……

优希率先走到洞外，长颈鹿和鼹鼠跟着出来。三个人跨过樟树裸露在地表的树根，站在林中感受全新的一天。

其实太阳刚刚升起，尚未照进森林，所以更像是森林内部在发出柔和的光，甚至角落里也都在闪亮。

优希靠在樟树的树干上，静静地欣赏眼前的一切。

花草树木如获新生，鲜艳亮泽的深绿色带来新鲜的呼吸。

整座森林在吐纳生息。树木间、土壤上、草丛及藤蔓中，还有红、黄、白等色彩缤纷的花朵四周，朝霭飘渺，如梦似幻。

三个人深深地吸气。

芬芳的百花香、酸甜的野果香、扑鼻的青草香、湿苔藓和蕨类植物的馥郁奇香、古树内部溢出的木香……看似混沌，实则令人神清气爽、备感愉悦。

四周响起越发热闹、嘹亮的鸟鸣。

三个人同时抬头。

树叶的间隙，小片的天空，有淡淡的桃红色。